KB055715

로크미디어가
유혹하는
재미있는 세상

ROK
MEDIA
로크미디어

전능하신 영주님 11

2022년 3월 16일 초판 1쇄 인쇄
2022년 3월 21일 초판 1쇄 발행

지은이 가휼
발행인 김정수 강준규

기획 이기헌 왕소현 박경무 강민구
책임편집 백승미
마케팅지원 배진경 임혜솔 송지유 이영선

발행처 (주)로크미디어
출판등록 2003년 3월 24일
주소 서울시 마포구 성암로 330 DMC첨단산업센터 318호
Tel (02)3273-5135 **편집** 070-7863-8595 **Fax** (02)3273-5134
홈페이지 rokmedia.com **E-mail** rokmedia@empas.com

ⓒ 가휼, 2021

값 8,000원

ISBN 979-11-354-6431-7 (11권)
ISBN 979-11-354-9918-0 04810 (세트)

전능하신 영주님

가휼 판타지 장편소설

11

Contents

1장	7
2장	33
3장	91
4장	139
5장	185
6장	245

1장

아델린과 말라드는 고원으로 향하던 중 한 관문 앞에서 멈춰 섰다.

관문 앞에는 문이 열리길 기다리고 있는 골렘술사들이 이미 여럿 있었다.

이름 있는 귀족의 술사였다가 이번 전쟁으로 소속이 없어진 자들이라거나.

이제 겨우 2서클 골렘술사가 되어 소속을 가지지 못한 상태에서 전쟁이 끝나 버렸다거나 하는, 적을 둘 곳이 없는 그런 술사들이 대부분이었다.

둘은 그들 중 그나마 가장 높은 경지의 골렘술사가 있는 무리에게 접근하기로 했다.

아델린이 먼저 목표로 접근했다.

"보시오. 당신들도 지금 요새로 가는 것이오?"

"바르테온의 개가 되니 어쩌니 하는 신소리 할 거면 그냥 가던 길이나 가시오."

일행은 인상을 팍 찌푸리면서 싫은 티를 냈다.

첫마디에 이럴 정도면 벌써 여러 번 저런 소리를 들었다는 뜻이다.

아델린은 일부러 사람 좋은 척 활짝 웃었다.

"뭘 그렇게 정색을 하고 그러시오."

"나는 굶어 죽을 판인데, 빵 한 쪼가리 안 주는 것들이 어쩌고저쩌고. 당신도 그런 소리 할 거면 가던 길이나 가란 말이오."

"나도 같은 처지라 그리 말한 것이오. 옆에 좀 앉겠소."

아델린은 허락이 있기도 전에 엉덩이를 들이밀고는 이어서 입을 열었다.

"그래서 말이오. 바르테온에서 얼마나 챙겨 준다고 하는 거요?"

"공고 못 봤소? 기사급 대우를 해 준다는데."

"나는 영외에서 소문 듣고 온 거라서 말이오. 그런데 정말 기사급 대우를 해 준다고 하오?"

"공고가 그렇다니까."

"기사급? 그 말이 참말이오? 바르테온은 자신들이 기사라는 그 자부심이 얼마나 대단한데, 우리 같은 패전국 술사들에게 기사 대접을 해 준다고 말을 합니까?"

이번엔 괜히 어슬렁거리고 있던 척을 하던 말라드가 냉큼 대화에 끼어들었다.

"그걸 내가 말했소? 공고하는 기사가 말했지. 그걸 왜 나한테 따지시오. 근데 당신 나랑 구면이오? 보아하니 영외지 출신 같은데, 뭐 이렇게 쑥 들어오시나."

"아니 나는, 그냥 걱정이 되어서. 솔직히 불안하지 않소. 서로 죽고 죽이던 마당인데, 골렘술사들을 싹 모아서 바르테온으로 끌고 간다는 게 말이오."

"염병! 거 자꾸 초치는 소리 할 거요?"

"초치는 게 아니라. 그냥 불안해서. 말이야 바른말이지, 바르테온에서 왜 골렘술사들을 모아다가 기사 대접을 해 주냐는 말이오. 나도 당장 먹여 살릴 처자식이 있어서 혹하는 마음에 가긴 가는데, 무슨 꿍꿍이가 있나 불안해서. 그래서 뭐 아는 거 있나 해서 물어본 거요."

"보시오. 이름이 어떻게 되오?"

아델린은 뻔히 아는 말라드의 이름을 물었다.

"난 제이콥이라고 하오. 형씨는?"

"나는 이드요. 반갑소. 그쪽도 반갑소. 그쪽은 이름이 어떻게 되시오?"

아델린은 자신의 가짜 이름을 말하며 화를 낸 골렘술사의 이름을 물었다.

"나는 게올드라고 하오."

아델린은 다른 사람들의 이름도 물어 가며 통성명을 했다.

성을 가진 귀족은 없었다.

이들 모두 수련원 출신의 골렘술사들이다.

"우리 다 같은 마음인데, 자꾸 당신이 불안한 소리를 하면 마음이 더 불안해진다 이거요. 눈치 없이 그런 말 하지 마시오."

"거참 초면에 면박 주기는……."

"이 친구 말이 맞지. 불안하긴 다 마찬가지구먼, 자꾸 그 딴 소리를 하니 짜증이 안 나겠냔 말이야."

"미안하게 됐수다. 거참. 쩝."

"그러니까 같이 갈 거면 그냥 입 닫고 올라갑시다. 일단 머릿수 많아서 손해 보는 건 없으니까."

게올드가 말했다. 기분이 좀 풀어진 것 같다. 그리고 경계심도.

아델린과 말라드는 그들의 무리에 이질감 없이 녹아들었다.

얼마 후 관문이 열렸고 간단한 통행 절차 이후 요새로 가는 길이 허락되었다.

그들은 함께 총독관이 되어 버린 고원 요새에 도착했다.

그들 중 요새에 걸린 바르테온 깃발을 두고 괜한 소리를 하는 자는 없었다.

사방에 바르테온 기사들이 깔려 있었기 때문이다.

"다들 잘 왔소. 준비되는 대로 간단한 신상 명세와 함께 능력 테스트를 해 볼 것이오. 결격이 없는 이들은 바르테온행 배를 타고 바르테온으로 내려가면 되오."

바로 시험이 진행되었다.

시험은 정말 간단한 신상을 묻는 면접과 지원 이유를 듣는 것이 전부였고 실력 테스트도 골렘 오브를 주고 골렘을 연성시킬 수 있는지에 대한 것을 확인하는 것이었다.

골렘 술사라면 누구나 붙을 만큼 쉬운 난이도였다.

시험에 통과한 자들은 기사의 안내에 따라 선착장으로 이동했다.

전쟁 통에 허물어졌던 선착장터 옆으로 그보다 초라한 선착장이 마련되어 있었다.

"간단히 요기를 하면서 대기하고 있으시오. 배가 오면 배에 있는 기사의 지시를 따르면 되오."

인솔을 해 준 기사는 그렇게 그들을 남겨 두고 다시 올라갔다.

"이거 우리를 그냥 막 이렇게 내다 놔도 된 건가?"

"그러게 말이오. 감시 병력도 두지 않는 것 같고."

"퉁명스럽긴 해도 무시하는 것도 없고. 의원데."

"전쟁 때는 정말 다 죽일 듯이 달려들어서 진짜 무서웠는데, 저들도 웃는 얼굴을 할 줄 아네요."

"저들도 사람이니까 웃기야 하겠지만⋯⋯. 그런데 이거 먹어도 되는 겁니까? 설마 독이나 이런 걸 탔다거나."

말라드는 일부러 독을 언급했다.

"거 진짜 가슴이 메추리만도 못하네. 이봐, 바르테온이 뭐 한다고 독을 써. 어차피 우리 죽일 거면 그냥 쓱싹 하면 되지."

"그러면 손이 많이 가잖아. 독이면⋯⋯."

"그러니까 바르테온이 왜 독을 쓰냐고. 그 인간들 검에 미친 종자들이라 독 쓰고 그러는 거 아주 진절머리를 치는 것들인데."

게올드는 신경질적으로 말라드를 나무랐다.

말라드의 역할이 겁쟁이를 연기하여 집단 내의 불안감을 조성하는 것이니, 제 몫을 잘 해내고 있는 셈이다.

"그럴 수도 있다는 거지. 아무리 그래도 그렇지 감시를 하는 사람이 한 명도 없으니까. 그게 좀 이상해서."

"죽이려고 했으면 이미 요새 안에서 죽이고도 남았어. 허튼소리 그만하고 있는 거나 먹자고. 먹을 만한 것들 적당히 있구먼."

게올드가 먼저 음식을 먹었다. 솔직히 차려진 음식이 박한 편이 아니었다.

그들은 식사하며 이런저런 이야기들을 떠들었다.

항상 먼저 떠드는 것은 말라드였고 그거에 대한 코멘트를 다는 것은 아델린이었다.

그리고 그런 그들의 대화는 감청 오브를 통해서 그 옆의 허물어진 선착장으로 고스란히 전해지는 중이었다.

-보고드립니다. 유독 말이 많은 자가 두 명이 있었습니다. 이름은 이드와 제이콥이라고 하였는데, 말하는 것을 가만 들어 보면 다른 사람들의 신상에 대한 것은 유도하지만 자신들의 개인 신상에 대한 것들은 교묘하게 말하는 것을 피해 가는 느낌을 받았습니다.

-예의 주시해라. 낙원단이 취할 수 있는 방법은 오직 선동뿐이다. 테러와 암살을 하는 것도 선동을 위한 목적임을 알아야 한다. 항상 선동가를 찾아라.

-예. 지속적으로 예의 주시하여 감독하겠습니다.

-단, 감시는 하되 추가적인 조치는 해선 안 된다. 우리는 있는 그대로 조사하여 영주님께 올리면 되는 것이다. 분노하는 일이 생겨서도 티를 내선 안 된다.

-예. 단장님.

그렇게 통신을 끝낸 기사는 선착장에서 보이지 않는 위치에 대기하고 있던 선박으로 입선 신호를 보냈다.

금방 배가 들어왔다.

"이거 배도 좋은 배인데?"

"그러게. 큰 배를 가지고 왔네."

"술사님들은 객실을 자유롭게 사용할 수 있습니다. 바르테온까지 이틀에서 사흘 정도 걸리는 거리이니 그 기간 동안 다소 불편함이 있더라도 양해 부탁드립니다."

배를 모는 선장이 직접 나와 인사를 하곤 선원들이 객실과 시설을 안내했다.

"선내 식당 내에서 간단한 음주를 즐기시는 것은 무관하나 너무 큰 소동과 야간 활동은 안전상의 이유로 금지하고 있으니 규칙을 준수해 주시기 바랍니다."

규정이 있긴 했지만, 선원들 모두 언행이 공손했고 친절했다.

아델린과 말라드는 우연을 가장하여 같은 객실에서 모였다.

둘은 촛불을 꺼 두곤 목소리를 낮췄다.

"생각보다 과하게 친절해. 의전도 나쁘지 않고."

"고작해야 건축에 쓸 하위 술사들에게 하는 대접치곤 후한 편이야. 의심스러울 정도로 말이지."

"기사 대우를 하는 거라면 맞긴 한데, 눈 가리고 아옹 하는 거지."

"건설을 위해 술사를 모집한다는 것부터가 말이야. 그럴 거면 지들 기사들 시키면 되지 왜 우리 술사들을 불러 모으겠어. 이것부터가 발아래로 보고 있는 거라고 할 수 있지. 이 부분을 가지고 좀 확대해 볼까?"

"거기에 하나 더 붙이자. 가만히 보면 바르테온의 공고와

술사들의 생각이 좀 차이가 있거든."

"어떤?"

"기사 대우라고 했잖아. 대우는 대우일 뿐 진짜 기사는 아닌 거지. 그런데 술사들은 어쩌면 정말 기사 대우, 그러니까 기사 작위를 받을지도 모른다는 생각을 하더군."

"헛된 기대를 품고 있구먼. 바르테온이 미쳤다고 기사 작위를 줘?"

"무지한 것들은 한번 낙관적인 상상을 하기 시작하면 한도 끝도 없이 좋은 쪽으로만 생각하려 하니까."

"그리고 그 혼자 한 헛된 상상이 현실과 동떨어진 걸 마주하면 한없이 허물어지게 되고."

둘은 마주 보며 씨익 웃었다.

"그럼 지금부터는 노선을 바꿔서 불안감을 조성하기보단 기대감을 키우는 쪽으로 가는 게 낫겠어."

"기사 작위를 준다는 식으로 가자는 거지? 그래야 맞지 않는 현실에 실망을 할 테니까."

둘은 새로운 노선에 대한 역할을 배분했다.

"난 지금까지 불안감 조성 역할이었는데 갑자기 희망적으로 가면 개연성이 안 맞아. 희망은 네가 하는 게 낫겠어."

"그래. 이 부분은 내가 먼저 운을 떼지. 그러면 너도 점점 동화되는 쪽으로."

"알았어. 그렇게 하자. 배에서 내리기까지 3일이니까, 그

시간이면 전부 다 기사 작위를 받는 것처럼 철석같이 믿게
해 줄 수 있어."

그들의 자신들의 계획을 충실히 수행하며 바르테온으로
향했다.

하지만 자신들의 모든 대화가 전부 기록되고 있는 줄은 꿈
에도 상상하지 못했다.

❁

카일은 라모스가 직접 올린 대화록을 분석하며 읽어 내려
갔다.

"불안감으로 시작했다가 실망감으로 조장을 하려고-. 상
황 판단도 빠르고 능동적인 대처도 좋고. 확실히 제대로 훈
련된 이들이군."

카일은 대화록을 보며 그들이 만들고 있는 서사를 분석
했다.

그다지 어렵지 않다. 모든 선동 전술의 대맥은 단 한
가지다.

불만.

어떻게든 불만을 만들어 반항심과 투쟁심을 일깨우는 것
이다.

그리고 거기에 대한 가장 확실한 대응은 압도적인 폭력이

고 가장 완벽한 대응은 만족스러움을 주는 것이다.

카일은 두 가지를 모두 사용할 수 있다.

상대의 패를 다 열어 두고 보고 있으니 자신은 입맛대로 패를 골라내면 된다.

공포심을 주는 것도 만족감을 주는 것도 자신의 선택대로 될 것이다.

카일은 이번 건에 대한 대응 계획을 세웠다.

상대의 수를 전부 보고 있으니 어려울 것 없는 작업이었다.

어떠한 방식으로든 낙원단을 소탕하는 데만 목적하는 것은 들인 품이 아깝다. 아니, 손에 쥔 패가 아깝다.

최대한 이용할 만큼 이용해 먹어야 하지 않겠나.

"영주님, 총독관에서 보낸 배가 도착하였다고 합니다."

"딱 알맞게 왔군. 그럼 나가 봐야지. 나의 새로운 백성들이 어떤 모습을 하고 왔는지ー."

카일은 즐거운 마음으로 일어났다.

카일은 칸의 등에 올라 가벼운 걸음으로 선착장으로 나갔다.

그곳에 바르테온에 처음 온 골렘술사들이 주변을 두리번거리며 도열해 있었다.

"영주님, 행차하셨습니까."

먼저 그들을 인도하던 휴슬레가 카일에게 예로 읍했다.

그 인사에 술사들의 눈이 카일에게 꽂혔다.

그 순간 골렘술사들은 잠시 망각하고 있던 기억이 떠올라 마른침을 삼켰다.

벤자르의 성벽을 허물어 냈던 바로 그 모습이었다.

벤자르에서 먼발치로 보던 것과 바르테온에서 마주한 카일의 모습은 그 기백부터가 천지 차이였다.

"처, 처음 뵙겠습니다. 부름에 응하여 대령했습니다."

게올드는 그저 가만히 등장하기만 한 카일의 기세에 눌려 자신도 모르게 고개를 숙였다.

"뵙게 되어 영광입니다."

다른 골렘술사들도 얼떨결에 깊게 고개를 숙였다.

카일은 빙긋이 웃었다.

어린 영주라 불렸던 그 나이에 맞지 않게 푸근하고 자애로운 미소였다.

게올드는 그 여유가 극을 넘어선 경지에 있기에 나오는 것이라 직감했다.

카일은 말에서 내려 그들 앞에 섰다.

"이리 부름에 응해 주어 고맙소. 그대들의 도움이 필요해 염치 불고하고 요청하였소."

어조는 부드럽고, 표정은 밝게. 카일은 이미 위축되어 있는 그들을 위압할 필요를 느끼지 못했다.

"먼 길 오느라 고생했을 텐데 우선 여독부터 푸시오. 휴슬레 경, 안내를 붙여서 피로 먼저 녹이게 하시오."

"예, 영주님."

"경들 모두 손님으로 초청된 것이니, 제공되는 것들은 마음 편히 즐기시오. 단, 한 가지만 명심하면 되오."

"그것이 무엇입니까?"

"바르테온에서는 절대 거짓말을 해선 안 되오. 남을 기만해서도 안 되오. 정직과 신뢰, 신의는 바르테온에서 가장 중하게 생각하는 것이오. 이를 어기면 지위 고하를 막론하고 아무리 경중이 작은 죄라도 큰 벌을 받을 수 있으니 조심해야 할 것이오."

카일은 이 부분에 있어서는 제법 힘 있게 강조했다. 그들이 다시 위축되었다.

"그러니 마음에 안 드는 자가 있거든 거짓으로 골탕 먹이려 말고 대놓고 주먹질을 하시오. 그것이 바르테안이니. 하하하."

카일은 가벼운 웃음으로 대면을 끝냈다.

준비된 시종들이 말을 끌고 와 그들에게 배정되었고 안내역으로 호출된 기사가 직접 그들을 목욕탕으로 안내했다.

하나같이 얼떨떨한 표정으로 말을 타고 행진했다.

"영주님. 어때 보이십니까?"

"어때 보이다니?"

"저들 중에 기색이 다른 자가 있음을 느꼈습니다. 제가 느긴 것을 영주님께서 느끼지 못할 리가 없어 여쭈었습니다."

"쉬잇-. 비밀은 아는 이가 적을수록 좋소."

"아-. 예. 경거망동하지 않겠습니다."

휴슬레는 꾹 입을 닫았다. 걱정 없는 표정이었다.

❁

"와아아아! 술사님들이 오셨다!"

"술사님들이야! 이게 다 몇 분이야! 엄청 많이 오셨어!"

"술사님들, 잘 좀 부탁드립니다!"

골렘술사들을 본 바르테온 영지민들의 환호가 크게 울렸다.

환호를 받는 골렘술사들은 다들 얼떨떨해하면서도 시민들에게 마주 손을 흔들어 줬다.

꼭 개선행진을 하는 느낌이었다.

벤자르에서 했어야 할 개선행진을 바르테온에서 하고 있는 게 웃기면서도 서글픈 상황이었지만 시민들이 보내는 성원에 발가락이 간질간질한 건 어쩔 수 없었다.

"기사님, 저희 집 좀 잘 부탁드릴게요!"

특히나 어린 소녀들이 와서 건네주는 화관을 받는 것엔 억지로라도 싫은 기색을 낼 수가 없었다.

그것이 비록 바짝 마른 밀집으로 만든 화관이라 하여도 말이다.

'대체 이게 무슨 꿍꿍인지…….'

그 환호 속에 있는 아델린은 머릿속이 심히 복잡해졌다.

영주가 직접 마중을 나온 것이나, 이런 말과 시종까진 그렇다고 하자.

영주가 직접 나와서 겁을 한번 줄 수도 있는 거고 기사 대접을 해 준다는 말대로 이 정도 대접은 받을 수 있는 것이니 말이다.

그리고 영주도 자기 입으로 바르테온에선 거짓말을 하는 것이 가장 큰 죄라고 말했으니 자신이 자신의 입으로 한 말을 지키는 것 정도라고 받아들일 수 있었다.

그런데 이 시민들은 무엇일까.

설마 보여 주기식 쇼를 위해서 대동한 것일까?

그렇다고 하면 아예 작정하고 시민을 동원하여 길을 꽉 메워야 하지 싶다.

그런데 이건 듬성듬성이다. 행인들 중에 누군가는 심드렁하기도 하고 누군가는 화를 내며 눈을 흘기는 자들도 있었다.

뭔가 맞지가 않다.

'정말 연기를 시켜서 준비한 인원들이라면 저런 반감을 티내는 사람을 남겨 뒀을 리가 없을 건데. 설마, 이런 의심까지 반영해서 일부러 남겨 뒀다고 하면 정말 미칠 듯이 치밀한

자야. 바르테안 중에 그 정도 심계를 쓸 자는 없어.'

"아델린, 이걸 어떻게 해석해야 좋겠어?"

말라드가 슬쩍 붙어서 작은 목소리로 물었다.

아델린은 미간을 찌푸리며 인상을 썼다. 시종들의 귀를 의식하란 뜻이었다.

"하하. 이것 참 놀랍구먼. 바르테온 사람들의 적이었던 우리를 이렇게 환영하다니. 이봐, 너는 너희들이 우리를 이렇게 환영하는 이유를 알고 있느냐?"

아델린은 자신의 말고삐를 쥐고 있는 시종에게 물었다.

"집을 지어 주실 분들이 오셨으니 기쁘지요. 바르테온의 겨울은 춥거든요. 해가 바뀌면 본격적으로 지금보다 더 추워질 텐데, 그 전에 얼른 집을 받고 싶으니까요. 안 그러면 얼어 죽어요."

시종은 한마디 말을 건 것에 긴 문장으로 답해 줬다.

아델린은 시종의 대답에서도 제법 큰 호의가 있음을 느낄 수 있었다.

"오-. 그래? 왜? 듣기 좋은 말이니 좀 찬찬히 설명 좀 해 봐라."

그 말을 들은 게올드가 아델린의 옆으로 끼어들었다.

아델린은 아차 싶었다. 골렘술사들의 기분이 좋아지고 있다.

바르테온에 대한 저항 의식이 실시간으로 깎여 나가는 중인 것이다. 하지만 이미 엎질러진 물이라 말을 다시 주워 담을 수가 없다.

"네? 골렘술사님들은 집을 지어 주시러 오시는 분들이잖아요."

"그거야 그렇지. 우리가 공고를 그렇게 받았으니까. 그런데 그게 그렇게 환영받을 일인 거냐?"

"얼어 죽게 생겼는데, 집을 지어 주시면 당연히 좋은 거 아닌가요? 지금 다들 집이 없어서 천막 생활을 하고 있는 걸요."

시종은 오히려 게올드의 질문이 이해가 안 된다는 듯이 되물었다.

"그러니까 내 말은…… 음-. 우리가 적이었잖냐. 바르테온하고. 음. 그러니까."

게올드는 멋쩍음에 제대로 말을 이어 가지 못했다.

혹여나 자신의 말뜻을 이 사람들이 인지해 버리고 나면 이 환영이 끝나 버릴 것 같은 기분이었던 탓이다.

"그러니까 너희가 집이 없어진 건 우리가 공격해서 그런 거잖냐. 집을 불태운 사람들이 와서 다시 집을 지어 준다고 하는데, 그게 이렇게까지 좋아할 일이냐고 묻는 거야."

그걸 말라드가 냉큼 말을 받아 이어 붙였다.

"아니, 말을 좀 가려서 해야지, 거 진짜."

당황한 게올드가 인상을 쓰며 괜스레 시종의 안색을 살

폈다. 오히려 시종은 웃고 있었다.

"전쟁은 끝났지 않습니까?"

"전쟁이 끝나?"

"아닙니까? 전쟁이 끝났으니 이렇게 술사님들이 영주님의 부름을 받고 저희를 도와주러 오신 거지요."

"하하, 그래. 음. 그렇구나. 전쟁이 끝나긴 했지."

"그러면 아무 문제 없는 거지요. 이미 끝난 전쟁이고, 도와주시러 오신 분들이고. 그리고 우리 영주님께서 부르신 분들인데, 나쁜 분들일 리 없으니까요."

시종은 그렇게 대답을 끝냈다. 그 말을 들은 아델린은 심히 고까웠다.

"이봐, 너희는 영주님이 부르면 나쁜 사람이 없는 거냐?"

"당연하지 않나요. 나쁜 사람이면 영주님이 부르셨을 리가 없을 테죠."

너무도 확고한 믿음이 보였다. 역시나 고까웠다.

"나는 사람을 다섯이나 죽였다. 어린아이까지 죽인 적이 있지. 딱 너만 했던가? 그랬을 거다. 그런 나도 너희 영주님이 불렀으니 착한 사람인 거냐?"

"아휴- 술사님, 참 어려운 거 물어보십니다. 그거야 영주님께서 판단하실 일이지 제가 생각해서 뭐 하겠습니까."

"영주님이 부르면 나쁜 사람이 아니라 했잖냐."

"제가 영주님을 판단하는 것은 불경입니다."

"이봐, 뭐 별것도 아닌 걸로 트집을 잡고 그래? 시종이 그냥 제 영주님이 좋아서 하는 말에."

게올드가 그런 아델린을 핀잔했다.

"그냥 말 나온 김에 몇 마디 물어본 거요."

"있지도 않은 말까지 지어 가며 위협을 하니까 그러지. 너, 사람 죽여 본 적 없잖아."

"선배, 이 친구가 좀 흥분했나 봅니다. 바르테온이란 말에요."

말라드가 과열되는 분위기를 느끼곤 얼른 끼어들었다.

"그러니까 조심해야지. 바르테온 안인데."

그 말을 끝으로 어색한 침묵이 이어졌다. 그들은 그렇게 목욕탕으로 이동했다.

"바르테온의 명물인 대욕탕입니다. 영주님의 허락하에 편히 즐기시라 준비되었으니 여독을 푸시기 바랍니다."

목욕탕에서 대기하고 있던 시종들이 그들의 목욕 시중을 들었다.

잔심부름은 물론이고 오일 마사지까지 겸했다.

"바르테온에 이런 온천탕이 있는 줄은 몰랐구먼."

"이 비누라는 것도 신기하고."

"비누는 딱히 신기할 거 없지. 우리도 목욕할 때 목욕가루 쓰잖아. 그거 뭉쳐 논 거구먼."

"거 좀 대접받는 처지에 꼭 그렇게 궁시렁거려야 되나?"

"하여간 눈치가 없어, 눈치가."

목욕이 끝난 후엔 고급스러운 예복이 준비되어 있었다.

"이것은 바르테온의 기사 정복입니다."

그들의 등급에 따라서 예복은 차등 지급되었다.

기본적으로 부드러운 울 내의와 탄탄한 누비 겉옷인 건 같았지만 그에 들어간 자수의 화려함에서 차이가 있었다.

바르테온 정복인 걸 떠나 품질만 봤을 때, 이 자리의 술사들이 입어 보지 못한 고급 의류였다.

"술사님들께서 입고 오신 옷은 깨끗이 세탁하여 숙소에 비치해 두도록 하겠습니다."

아직 해가 떨어지려거든 시간이 남았다.

시종이 물러가고 인솔 기사가 왔다.

"이제 현장으로 이동합니다. 영주님께서 당신들에 대한 기대가 큽니다. 그런 만큼 자신의 역할을 잘 수행하면 높은 대우를 받을 수 있을 겁니다. 그러니 다들 적극적으로 임해 주기 바랍니다."

인솔 기사는 술사들을 다시 주택 공사의 현장으로 안내했다.

"어, 저기. 저 사람. 마이스터님이지?"

"어디, 어디? 진짜. 저기 마이스터님이 계신다."

"아휴. 마이스터님이 직접 이런 집 짓는 일을 하고 계시다니."

"전쟁에서 졌으니 별수 있나……."

"그런데 표정이 훨씬 밝아 보이시지 않아? 벤자르에 있을 때보다 말이야."

"그런가? 그렇게 말하니 그런 거 같기도 하고."

"그건 그렇고 초콜릿을 그렇게 좋아하신다는데, 여기서는 초콜릿을 잘 드시나 모르겠군. 바르테온은 그런 디저트류는 취급 안 할 텐데 말이지."

"내가 초콜릿 조금 챙겨 온 거 있소. 있다가 기회를 봐서 마이스터님께 드려 볼까 싶은데. 어떻소? 기사들이 보기에 고까울 것 같소?"

"잠시 정숙하십니다. 영주님 앞으로 이동할 것입니다."

기사의 말에 그들은 서둘러 입을 닫았다.

그들은 카일 앞으로 가까이 이동했다.

"온천은 잘들 즐기셨소? 힘써 일한 사람들에겐 항상 열려 있으니 언제든 편히 즐기길 바라오."

"예, 영주님. 감사합니다."

술사들 사이에서 누군가 먼저 목소리를 내었다. 잠시 어색한 기류가 흘렀다.

"가, 감사합니다, 영주님."

"감사합니다."

한발 늦게 감사의 인사가 어수선하게 이어졌다. 카일은 온후한 미소로 그 인사에 답했다.

"본래라면 하루 정도는 푹 쉬게 해 주고 싶었으나 내 마음이 급하여 그러질 못해 미안하게 생각하오. 대신 오늘 저녁은 나름 준비한 만찬으로 보답할 테니 너무 팍팍하게 생각들 안 했으면 좋겠소."

그리 말한 카일은 준비한 집 오브를 준비시켰다.

"일전에 벤자르에서 한번 선을 보인 집 오브요. 그땐 약식으로 간단히 보인 것이니 지금 제대로 시범을 보이겠소."

카일의 지시에 준비하고 있던 비슈와 페르벤 건축단이 순식간에 건물을 올렸다.

시연을 구경하던 골렘술사들은 솔직한 감탄으로 탄성을 내었다.

"벤자르에서는 복층의 석조 주택이 아주 많더군. 그것이 참 좋다 싶어 골렘 마이스터와 함께 고심하여 개발한 골렘 건축술이오. 그리고 이것을 담당하는 단이 골렘 건축술사단이고. 경들은 그에 대한 재원으로 모집된 것이오."

카일의 설명에 술사들은 하나같이 납득하여 고개를 끄덕였다.

"이 골렘 건축술은 앞으로 새로운 시대를 열어 줄 혁신의 기술이오. 하여 나는 경들이 필요하며, 아주 중하오. 그러니 다들 가감 없이 최선을 다해 실력을 뽐내 주기 바라겠소. 바르테온의 이름을 걸고 서운치 않게 대우할 것이오."

카일은 아주 자신감 있고 확신에 찬 어조로 당당히 자신의 뜻을 밝혔다.

"모두 박수!"

인솔 기사가 먼저 박수를 유도했다.

"와아아―!"

술사들이 진심으로 환호성을 지르며 박수를 쳤다.

이렇게 순식간에 복층 건물을 뚝딱 지어 내는 기술이라면 정말 기사 대우를 받을 법하지 않나 하는 생각이 든 것이다.

다들 어떠한 기대감과 희망에 찬 얼굴로 박수를 쳤다만, 그 와중 딱딱하게 굳은 표정을 숨기지 못하는 사람도 있었다.

카일은 그런 아델린과 말라드의 기색을 내색하지 않았다.

그저 빙긋이 웃을 뿐이었다.

2장

"생각했던 것보다 바르테온이 좀 다르긴 하네."

"그렇게 말이야. 솔직히 총독관 임명식 때 보여 준 건 마이스터님으로 눈 가리고 아웅 하는 건가 했는데, 이미 완벽하게 준비가 되어 있는 모습이라니."

"건축관들까지 손발을 잘 맞추는 걸 보면 급조해서 준비했다는 느낌은 아니었습니다. 일찍부터 준비해서 맞는 것 같달까요."

"확실히 바르테온 영주가 소문처럼 좀 비상한 구석이 있는 것 같기는 해."

"그렇다기보다는 극을 찍어서 그런 거 아닐까요? 마스터라잖아요."

"로펨의 로운 공은 마스터 아닌가. 바르테온의 도살자는 마스터 아니고. 좀 결이 다르다니까."

"그건 그렇고 가만 보니까 마이스터님도 좋은 대접을 받고 있는 것 같지 않았소?"

"내가 가만히 봤는데 마이스터님이 매고 있던 가방이 초콜릿 전용 가방인 것 같더군."

"그거 봤습니까? 저도 봤습니다. 아무래도 세심히 신경 써 주고 있는 것 같지요?"

"그런 것 같아 보이더군. 다행이지. 고생 많이 하신 분인데."

"사실 따지고 보면 바르테온 입장에선 마이스터님이 가장 껄끄러운 적수일 텐데, 굉장히 우대해 주고 자유롭게 풀어 주는 느낌이었습니다. 마이스터님도 그렇게 자유롭게 두는데 저희라고 뭐 딱히 감시하고 그럴까 싶네요."

골렘술사들은 저녁 만찬을 앞에 둔 휴식 시간에 도란도란 이야기를 나누었다.

그 대부분의 이야기들이 바르테온의 이미지가 자신들이 생각했던 것과 큰 차이가 있다는 것들이었다.

"이봐들, 나는 지금 마냥 즐거워하기는 건 조금 그렇지 않나 싶어."

그 대화에 아델린이 찬물을 끼었었다.

웬만하면 자연스럽게 유도를 하려고 했지만 생각한 방법

들로는 이미 글러먹은 상황이었다.

"뭐가? 좋은 대접 잘 받고 있는데."

"우리는 벤자리안이야. 그런데 지금 바르테안의 기사 예복을 입고 있군. 그러면서 좋다고 웃고 떠들고 있고."

정곡을 찌른 말이었다. 그 탓에 장내의 분위기는 순식간에 얼어붙었다.

"바르테온의 밥을 먹고 바르테온의 옷을 입고, 바르테온에서 잠을 자면. 우리는 뭐가 되지? 우리는 바르테안이 되는 것인가?"

"거참 기분 잡치게 하는구먼. 그래서 하고 싶은 말이 뭐야? 뭐가 그렇게 불만인데? 영주가 직접 나와서 우리를 마중했어. 우리를 존중했고 좋은 대접을 해 줬어. 바르테온의 옷을 입고 있다고? 그럼 바르테온에서 바르테온 옷을 주지 벤자르 옷을 주겠냐?"

게올드가 딱딱하게 굳은 어조로 반론했다. 사실 게올드는 처음부터 아델린이 거슬렸던 참이었다.

"듣기 좋은 말도 여러 번이면 질린다는데, 듣기 싫은 말을 몇 번이나 하는 거냐?"

"이봐, 선배, 어린애가 아니잖아. 입에 달고 좋은 거만 먹을 건가?"

"하ㅡ. 새끼. 말하는 거 보게. 그럼 뭐 어쩌자고? 솔직히 말해서 너는 지금까지 골렘술사로 살면서 이런 대접 받아 본

적 있냐? 좋은 옷에, 좋은 음식 같은 거 말고. 이딴 거야 아무래도 상관없지. 이런 거 집어치우고! 영주가 직접 나와서 웃는 얼굴로 환영해 주는. 그런 거 받아 본 적 있냐고?"

"우리가 졌기 때문이야."

"뭐라고?"

"우리가 졌기 때문에 그런 것을 받을 수 없는 거라고. 우리가 이겼다면 우리도 환대받고 칭송받았을 거야."

"그래서? 그게 지금 우리 탓이라는 거야? 전쟁에서 진 게 왜 우리 탓이야? 작전은 누가 세웠고 실행은 누가 했는데?"

"그걸 말하는 게 아니야. 바르테안이 적이고 우리의 원수라는 것을 말하는 거야. 결국 바르테온은 우리를 전부 지우려 들 거야. 저들은 적을 남겨 두지 않는 짐승들이니까. 알잖아. 15년 전 도살자에 의해 얼마나 많은 아버지들이 죽었는지. 그리고 이번에도. 저 웃는 얼굴로 환대하던 그자의 손에 얼마나 많은 사람들이 죽었는지."

"그래서? 뭐, 어쩌자는 건데? 뭘 어쩔 수 있다고? 주둥이로만 나불대지 말고 뭘 할 수 있는지 말해 봐. 뭘 할 수 있냐?"

"지배는 의지가 꺾였을 때 시작된다. 저항이 사라졌을 때 그 지배는 완성돼. 우리는 벤자르의 골렘술사야. 벤자르의 근본이라고!"

"그러니까 자식아!"

게올드가 더 이상 참지 못하고 아델린의 멱살을 틀어쥐었다.

"뭘 할 수 있냐고? 지금 이 상황에서 우리가 뭘 할 수 있는데?"

"상징이 될 수 있지. 전투에선 패배했을지 몰라도, 그 의식은 지배당하지 않는다는 의지의 상징."

"파하—! 말은 좋군. 그래, 어떻게 상징이 될 테냐?"

게올드는 아델린을 거칠게 밀쳐냈다.

"적이 준 것을 좋다고 걸쳐 입는 모습을 보며 저 야비한 짐승들이 우리를 얼마나 비웃을까. 그저 친절한 말 몇 마디 했다고 감동에 차서 좋은 사람이니 어쩌니. 죽어 나간 동료들이 수백 수천인데 말이야."

이미 시작한 마당이라 어정쩡하게 끝내면 무리 내에서 입지만 좁아질 뿐 죽도 밥도 안 된다.

아델린은 일부러 화를 돋우려 더 심하게 말했다.

"바르테온 영주는 그저 불타 없어진 영지민들의 집을 지어 주기 위해서 우리를 불렀어. 그래서 우리에게 잘 부탁한다 여러 가지 대우를 해 준 것이고."

"그래. 우리를 죽인 적들의 집을 말이야. 선배는 이곳의 영지민들이 무고하다고 생각해? 너희들 전부 진심으로 그렇게 생각하는 거냐? 저들의 손이 기사들의 검과 갑옷을 만들었고 군량미를 만들었어. 저들이 진짜 무고한가?"

"이거 미친놈이구먼. 마음대로 떠들어라. 더 말 섞기도 싫다. 너같이 자기 생각에 가득 찬 놈하고 이야기해 봐야 머리만 아프지."

게올드는 진절머리를 내며 고개를 저었다.

"정신 나간 새끼. 저딴 생각을 품고 있으면서 대체 왜 바르테온에 온 거야."

"너희들 잘 생각해라. 아무 생각 없이 편하다고 앉고, 맛있다고 먹으면 우리의 정체성은 사라지는 거다."

"거 좀 닥쳐라! 아무도 니 말 안 들어!"

고성이 오가려던 찰나.

"술사님들, 만찬 준비가 끝났습니다. 이동하시지요."

기사가 와서 고지했다. 다들 떨떠름한 표정으로 자리에서 일어났다.

"나는 벤자르의 옷을 입고 가겠어. 잘 보라고. 영주가 뭐라고 할지."

아델린이 말라드를 보았다. 결정적인 순간이다. 말라드도 그의 의견에 동의했다.

"나도. 들어 보니까 틀린 말이 아니잖아. 솔직히 우리는 벤자리안인데 바르테안의 옷을 입고 있는 건 좀 아닌 것 같아. 적어도 연회에서는 우리 옷을 입어야지."

둘은 문이 아닌 자신들의 방으로 향했다. 옷을 갈아입고 올 것이다.

골렘술사들이 밖으로 우르르 나갔다.

게올드는 그 무리 속에서 복잡한 얼굴로 서 있었다.

그러다 벤자르의 복식으로 옷을 갈아입고 나온 둘을 마주했다.

"왜 안 나가고?"

"너희, 기다리고 있어라."

게올드도 후다닥 올라가 옷을 갈아입고 내려왔다.

그렇게 나오니 30여 명의 골렘술사들 사이에서 그 셋만 유독 튀는 모습이었다.

바르테온 기사단 안에 둘러싸여 있는 느낌이랄까.

"선배, 멋져. 선배는 진짜 남자야. 겉으론 화를 내도 사실같은 생각이었던 거지?"

말라드가 엄지를 치켜웠다.

"닥쳐. 지금 미친 듯이 후회 중이니까."

게올드는 자신이 퍽 충동적이란 사실을 잘 알고 있었다. 그래서 지금 이 행동도 충동적이란 것도 알고 있다.

그런데 아델린이 한 말이 뇌리에 콱 박혀 버린 것도 사실이었다.

바르테온의 옷을 입고 바르테온의 기사가 되어 바르테온의 음식을 먹고 바르테온에서 잠을 자면 그게 벤자리안이냐는 말이.

"야."

"왜?"

"이번이 마지막이다. 이번이 마지막이야. 이번이 지나고 나면 더 이상 불평불만 하지 마라. 진짜. 전쟁 끝난 마당에 개죽음당하고 싶진 않으니까."

�֍

"영주님, 만찬 준비가 끝났습니다."

"그래. 가자."

카일은 만찬장으로 이동했다.

오늘 그들에게 기사 작위를 줄 참이다.

의도적으로 보여 주려 하는 것이 아니다. 처음부터 진짜로 작위를 주려고 했다.

그냥 깃발만 꽂는 게 정복이 아니다.

흡수해야 한다. 모든 것을 흡수하여 자신의 것으로 만들어야 진정한 정복이다.

얼마 되지도 않는 낙원단 따위가 겁이 나서 그 흡수를 멈출 생각은 없다.

"영주님, 여기, 대화록입니다."

기사가 감청 기록지를 가지고 왔다.

카일은 첫 장 몇 페이지 훑은 후 보고서를 닫았다.

너무 뻔한 내용이라 마지막까지 다 읽을 것도 없었다.

"고생했네. 나머지는 연회 후에 확인하지."

카일은 만찬장으로 들어갔다.

눈에 띄는 얼굴이 셋이 있었다.

그들은 바르테온 복장이 아닌 벤자르의 복장을 입고 있었다.

두 명은 이미 사전에 파악한 낙원단이었고 나머지 하나는 종합 심사에서 가장 높은 점수를 차지한 게올드였다.

실상 현재 있는 골렘술사들의 대표 격 되는 인물이다.

"다들 나의 부름에 응해주어 다시금 감사의 말을 전하오. 경들의 헌신으로 하여금 바르테온이 빠르게 상처를 회복하였으면 하는 바람이오. 자, 편히들 즐기시오."

준비한 만찬은 장식부터 의전, 음식까지 전부 최고급이었다.

어느 정도 만찬이 무르익었을 때쯤, 카일은 준비된 식순을 시작했다.

기사 작위 수여에 대한 것이었다.

"나는 분명 모집 공고에서 모집에 응하는 이들에게 바르테온의 기사와 같은 대우를 해 주겠다 약속했소. 해서 경들의 임무와 책임에 맞는 권리를 줄 것이오. 지금 이 자리의 모두에게 기사 작위를 내리겠소."

카일이 손짓하자 작위로 내릴 검이 주르륵 들어왔다.

"실력에 따른 차등은 두었소. 이게 불만이 있다면 말하시오. 내 항상 주시하여 보고 그 결과를 눈여겨 반영할 것이니. 자, 그럼……."

"영주님!"

게올드가 말허리를 쿡 잘랐다. 그의 얼굴이 사뭇 비장하다.

"작위를 받기 전에 한 가지 여쭙고 싶은 것이 있습니다."

"말하시오."

"영주님께서 거짓말을 할 바엔 차라리 주먹질을 하라 하셨으니 솔직하게 말하겠습니다."

"얼마든지."

"영주님께서 이렇게 우리에게 친절을 베풀고 좋은 옷을 입히고, 좋은 음식을 주는 이유는 벤자르를 지우기 위함입니까?"

"벤자르를 지우다니?"

"우리를 바르테온으로 만들어 벤자르를 지우고자 함인지를 묻는 것입니다."

틀린 말이 없다. 있는 그대로 정곡이다.

카일은 게올드의 질문이 누군가의 사주가 아닌 그 스스로 가진 의구심임을 느꼈다.

진심이란 뜻이다.

그리고 다른 골렘술사들이 전부 그런 게올드를 바라보고 있었다.

중요한 순간이었다.

하지만 카일은 거짓말을 꾸밀 생각이 없었다.

게올드가 진심인 것처럼 카일도 진심으로 벤자르의 골렘 술사를 손에 쥐고 싶었기 때문이다.

"그렇소."

"그, 그렇다니요? 영주님께선 그러면 정말 의도적으로 벤자르를 지우기 위해서 이런 호의를 베푸신 것입니까?"

"벤자르를 지운다라? 솔직히 물었으니 나도 솔직히 답하리다. 내가 굳이 정성 들여 벤자르를 지워야 할 이유가 있소?"

"그, 그것이……."

"나는 바르테안이오. 바르테온의 영주이지. 그리고 그대들은 나의 부름에 응하여 바르테온의 과업을 수행하기 위해 스스로 바르테온으로 왔소. 이것이 무슨 뜻인지 모르는 것이오?"

카일의 낮게 깔린 어조에 다들 침을 꼴깍 삼켰다.

막연하게 인식은 하고 있었지만 누구도 직접 입 밖으로 꺼내진 못한 말이었다.

모집 공고에 응하는 것 자체가 바르테온의 신하 됨을 자청하는 것이란 뜻을 말이다.

"경들은 나의 요구에 응하여 나의 일을 하고 있소. 그러니 영주로서 그에 마땅한 대우를 해 주는 게 당연하지 않소. 특별한 의도가 있는 게 아니라, 늘 하던 대로. 영주로서 기사들의 노고를 존중하고 있다는 말이오."

카일 또한 정곡이었다. 그 누구도 카일의 말이 틀리다 말할 수 없다.

"그렇다면 영주님께선 결국 저희더러 바르테안이 되라고 하시는 것이군요?"

"내가 되라 하였소?"

"지금 하신 말씀이 그렇지 않습니까?"

"나는 그대들에게 바르테안처럼 살라 강요하지 않았소. 억지로 그대들을 끌고 오지 않았으며 억지로 옷을 입히지도, 억지로 음식을 먹이지도 않았소. 그저 고마운 이들에게 내가 가지고 있는 것을 마음 가는 대로 나눈 것이오."

"……."

"그래, 그 속내에 그대들을 신하 삼고자 하는 마음이 없었다고 하면 거짓이지. 하지만 그게 비난받을 일이오? 차라리 힘으로 꿇어앉혀 복종하라 했으면 역시 바르테안이다 하며 칭송했겠소?"

카일이 딱히 불편한 기색을 내비친 것은 아니었지만 장내의 골렘술사들은 큰 불안감으로 몸을 떨었다.

누군가는 게올드에게 눈치를 주기도 했다.

"내가 당신들에게 억지로 강요한 것이 단 한 가지도 없는데 어찌 그런 식으로 꼬아 보는 것이오?"

카일이 다시금 물었다. 게올드는 답할 게 없었다.

"마음에 들지 않는 부분이 있다면 그만 돌아가시오. 나도 싫다는 사람 붙잡아 정성 쏟고 싶은 마음은 없소."

"선배, 선배까지 왜 그럽니까 진짜……! 영주님께서 저토록이나 사정 봐주는데."

"게올드 선배, 선배가 잘못한 것 같습니다. 얼른 죄송하다 하십시오."

게올드 가까이의 골렘술사들이 작은 목소리로 성화를 부렸다.

게올드도 잠시 자신이 미쳤구나 싶었다. 감히 누구 앞에서 목을 빳빳이 들고 따져 물었나 자각이 된 것이다.

"죄송합니다. 제가 너무 제 기준에서 이기적으로 생각했던 것 같습니다. 영주님의 입장에서는 영주님의 행동이 분명 옳습니다. 이렇게 좋은 환대와 대접을 해 주셔서 감사합니다."

게올드는 황급히 고개를 숙였다.

"영주님, 죄송합니다. 게올드 선배가 조금 확실히 하고 싶은 마음이 들어서 영주님께 여쭤봤나 봅니다. 하하하하. 안 그래? 우리 다들 좋잖아? 하하."

"예, 영주님. 저희는 불만 없습니다. 아주 만족하고 있습니다."

다른 골렘술사들이 얼른 분위기를 풀어 보려 말을 늘어

났다.

"쯧. 알겠소들. 나 또한 경들의 헛헛한 마음을 헤아리지 못할 바는 아니긴 하오. 타지에 와 있는게 불편할 테지. 먹는 것이야 경들의 여유가 된다 하면 집에서 편히 가져오도록 하고 입는 것 또한 벤자르 양식에 맞는 무늬를 가용토록 하겠소. 하나 잠자는 땅은 어쩔 수 없으니 이해들 하시오."

"아이구! 그러실 것 없습니다, 영주님. 지금 있는 것만 해도 아주 차고 넘칩니다. 선배, 선배."

그가 게올드의 옆구리를 쿡 찔렀다. 게올드는 얼굴이 저절로 터질 것 같은 토마토처럼 익어 있었다.

"서로 다른 생각을 하고 있으니, 작위 수여는 다음으로 미루도록 하겠소. 나는 남은 공무가 있어 들어가 보겠소. 연회는 편히 즐기시오."

카일은 그렇게 말하곤 자리를 피했다.

카일이 나가자 큰 긴장감이 가득했던 연회장의 분위기가 훅 꺼져 버렸다.

"너 이 씨―!"

게올드가 아델린의 멱살을 움켜쥐었다.

"되도 않는 헛소리를 해서는 괜히 사람 충동질해서! 넌 왜 닥치고 있었냐! 아까처럼 잘난 듯이 떠들었어야지!"

아델린은 별다른 대구를 하지 않았다. 솔직히 할 말이 없었다.

그도 지금 상황이 이해가 안 되는 중이었다.

바르테온의 영주. 바르테안 중의 바르테안.

그가 전장에서 얼마나 많은 수를 도륙했는지 알고 있다.

자신에게 반기를 드는 적에게 어찌나 모질고 흉악한지 뻔히 알고 있단 말이다.

자신의 이름으로 준비한 만찬장에서, 모두가 보는 앞에서 면박을 줬는데도 이토록이나 온후하게 대처한다는 건 도저히 예상할 수 없는 일이었다.

"하, 하하. 바르테온도 별것 아니군. 말 몇 마디 했다고 저렇게 꼬랑지 내리는 것을 보니. 정말로 우리가 필요하긴 한가 보구먼."

"이 새끼야! 지금 그게 할 말이냐! 지금 당장 영주님을 찾아가서 사죄해도 모자랄 판이야!"

"선배님, 선배님, 멱살은 좀 놓고 말씀하시죠? 만찬장이지 않습니까."

말라드가 그의 팔을 움켜쥐며 둘 사이를 뜯어냈다.

게올드는 못 이기는 척 아델린을 놔줬다. 말라드의 말처럼 만찬장에서 드잡이질을 할 순 없었기 때문이다.

게올드는 아델린과 멀찍이 떨어진 자리로 옮겨 자리를 잡았다.

괜히 걸치고 있는 외투가 신경 쓰였다.

지금이라도 다시 가서 갈아입고 오고 싶은 마음이 들 정도였다.

"선배, 그래도 멋졌습니다. 영주님에게 그렇게 직접 대고 따질 수 있는 게 얼마나 대단한데요."

"됐어. 나도 지금 엄청 후회 중이야. 내가 미쳤지."

"너무 자책하지 마세요. 솔직히 선배 말이 아주 틀린 것도 아니긴 하잖아요. 영주님 말도 틀린 게 아니긴 하지만, 그거야 영주님 입장이고. 우리도 우리 마음이 있는 거니까. 그래서 말인데 정말 영주님이 벤자르 복식으로 옷을 다시 만들어 줄까요?"

"만들어 준다고 했으니 만들어 주시지 않을까? 약속은 칼같이 지키는 분이잖아."

"하긴, 바르테온에선 거짓말이 가장 큰 죄악이라고 하셨으니. 저분이 직접 한 말을 어길 것 같지는 않아."

"그럼 한번 진짜 만들어 달라고 해 볼까?"

"야. 정신 나간 소리 하지 마라. 오늘 저리 상심하셨는데 그런 말이 나오냐. 이런 대접을 받고도."

"지금 당장 하자는 건 아니고. 한 보름쯤 지나면 괜찮지 않겠어?"

그들은 편치 않은 안색인 게올드와 달리 별걱정 없이 만찬을 즐겼다.

이번 일 때문에 자신들에게 불똥이 튈 것 같은 느낌은 들지 않았기 때문이다.

"선배, 너무 걱정 마십시오. 가만 보니까 영주님이 배포가 아주 크신 분입니다. 그러니 죽상 그만하고 여기 한 잔 받으십시오. 바르테온 술이 독하긴 해도 또 진한 맛이 있네요."

게올드는 그 술잔 몇 번 받았다. 하지만 만찬이 끝날 때까지도 전혀 술에 취하지 않았다.

게올드의 모든 신경은 아델린에게 집중되어 있었다.

'처음부터 그랬지. 처음부터 계속 부정적인 말이나 하고. 그럴 거였으면 대체 왜 모집에 응한 거야? 저 불만덩어리 자식.'

만찬이 끝나고 각자 자신의 방으로 이동한 다음에도 게올드의 그런 생각은 멈춰지질 않았다.

"제 놈도 여기까지 온 거면 팔자 좀 고쳐 보자 싶어서 온 거면서 무슨 따지기는 아주 그냥-. 후우-. 뭐에 홀렸다고 나대다가 나만 더럽게 미운털 박힌 꼴이야. 지는 주둥이 꽉 다물고 있고. 이래서야 내가 주동자인 것처럼 되어 버렸잖아!"

싫으면 돌아가란 말을 들었다. 미쳤다고 돌아가나.

오늘 있었던 시험에서 4등급을 받았다. 4등급이면 기사단장에 준하는 지휘를 약속한다고 했다.

3서클인 자신의 실력으로 따지면 과분하다 할 정도로 높은 위치였다.

이것도 빨리 줄을 잘 선 덕이라고 여겼다.

만약 자신이 다음에 다시 시험을 본다면 그와 같은 자리를 약속받을 수 있을까?

이미 자리잡은 사람들이 있는 마당이면 쉽지 않을거다.

벤자르에서는 더욱더 턱도 없다.

무장해제를 당한 귀족들은 정말 최소한의 사병만을 거느릴 수 있었고 그 자리는 이미 오랜 시간 유대를 이어 온 가솔 가문들로 가득 차 있는 실정이었다.

자신같이 수련원 출신의 술사는 아무리 찾아도 들어갈 자리가 없었다.

"진짜 뭐에 홀렸는지 정말. 내가 왜 그랬지?"

게올드는 이대로는 안 되겠다 싶었다.

당장 영주를 찾아가 사죄를 하여 이미지를 쇄신하고 싶었다.

늦은 시간이었지만 그 늦은 시간보다 자신의 심정이 더 조급했다.

어쩌면 한발 늦게 술기운이 돌아서 그러는 것일지도 모르겠다.

게올드는 아델린의 방으로 향했다.

아무래도 혼자 가서 사죄를 하기보다는 옷을 갈아입지 않은 둘을 더 데리고 가서 함께 사죄를 드리는 게 맞지 않나 싶었기 때문이다.

게올드는 둘의 방으로 들어갔다. 둘은 자리에 없었다.

"뭐야. 어디 갔어?"

심술이 난 게올드는 방 안을 두리번거렸다.

"허이구. 그렇게 소중한 것처럼 하더니 잘도 벗어 놓고 나갔구면. 이 양생이 같은 놈들."

게올드는 벽에 걸려 있던 옷을 뒤적거렸다. 그냥 짜증스러워 그랬던 것뿐이지 딱히 주머니를 뒤지려고 했던 것은 아니었다.

그런데 뭔가 이질적인 것이 손에 툭 걸렸다. 동그란 무언가 인데 분명 단추는 아니었다.

게올드는 옷 안을 뒤적거려 동그란 것의 정체를 확인했다.

"육망성……?"

뭔진 몰라도 범상치 않은 물건임은 확실히 느껴졌다.

그리고 그때, 창밖에서 턱턱, 뭔가 벽을 차는 소리가 났다.

그리고 보니 창문이 열려 있었나? 다시 보니 아주 작은 틈이었다.

게올드는 순간 술이 확 달아나는 기분이었다.

메달을 다시 옷 안에 집어넣고 옷을 걸었다.

어서 방 밖으로 나가야 할 판인데 왠지 늦은 것 같다는 직감에 침대 밑으로 들어갔다.

바로 그때 창문이 슬쩍 열리면서 아델린이 들어왔다.

'뭐야. 왜 멀쩡한 정문을 놔두고 창문을 넘어 다녀?'

분명 수상했다.

게올드는 숨마저 가늘게 참아 가며 기운을 감추려 애썼다.

그러길 잠시 후, 말라드가 들어왔다.

"아델린, 잘하고 왔어?"

"그래."

'뭐? 아델린? 저 자식 이름은 이드가 아니었나?'

이드라는 이름을 어떻게 풀어도 절대 아델린이 될 수는 없다. 그렇다면 처음 소개할 때 작정하고 가짜 이름을 말했다는 뜻이다.

'저 자식 면접 때도 이드라고 하지 않았었나? 거짓으로 명부를 작성하다니. 기사들이 알면 어쩌려고.'

"어떻게 할래? 아무래도 보통 수로는 안 될 것 같은데."

또 한 가지 이상한 것은 저들의 태도였다.

'제이콥도 가짜다.'

게올드는 저 둘이 처음부터 알고 있던 사이였음을 확신했다.

그리고 말라드는 평소에 좀 어설픈 성격이었는데 지금은 그런 느낌도 전혀 들지 않았다.

평소 행동까지 연기였다는 생각이 드니 등골이 짜르르 울릴 지경이었다.

'이 자식들 무슨 꿍꿍이야, 대체. 무슨 작당을 하고 여기에 온 거야?'

"바르테온 영주가 이렇게까지 말랑하게 대응할 줄은 몰랐다. 작정하고 눈속임을 하는 것이겠지. 늑대가 웃는다고 그 이빨이 사라지는 건 아닌데, 멍청한 것들이 대놓고 설명을 해 줘도 그걸 모르는 꼴이라니."

"그래도 예상 밖이었어. 이 정도 들이받았으면 검 정도는 꺼낼 줄 알았는데. 저 인간이 사정하는 꼴이라니."

"돌아가는 거 보아하니 비슈도 완전히 넘어간 것 같더라. 은혜도 모르는 변절자 년."

"어떻게 할래? 마음에 안 들면 돌아가라고 했어. 돌아갈 거면 지금이 적기야."

"무슨 약해 빠진 소리를 하는 거냐, 낙원으로 가는 길에 후퇴는 없다."

"그럼 어떻게 할 건데? 계획은 있어?"

"어차피 여기 있는 놈들은 글렀어. 애당초 모집 공고에 자의로 응한 놈들에게 의기가 남아 있다고 생각한 것부터가 잘못이지."

"나도 그렇게 생각하긴 해. 게올드에게 어서 사과하라고 채근하는 꼴을 보고 있자니 글렀다 싶었어."

"우리가 불씨가 되자."

아델린이 신념 가득한 눈빛으로 말했다. 말라드는 마른침을 꼴깍 삼켰다.

"뭘 어떻게 할 건데? 수가 있어?"

"보니까 영주가 주택 건설을 주도하고 있잖아. 아주 위험하게 일하더군. 접근하기 쉬워. 아무리 마스터라고 해도 등 뒤에서 찌르는 칼을 피해 낼 수는 없겠지. 작정하고 노리면 어렵지 않아."

"보니까 무방비하긴 하더라. 우리에게 경계심이 너무 없어. 백성들 집 지어 주는 데만 너무 집중을……."

말을 하던 말라드는 순간 아차 싶었다.

한겨울 집을 잃은 영지민들을 위해서 원수들에게 고개를 숙이면서까지 노력하는 영주라는 느낌이 든 탓이었다.

그런 생각이 들자니 뭔가 머리가 지끈했다.

"집중을…… 하고 있으니까. 기회를 노리면 손쉬울 거야."

"제아무리 배포 큰 척해도 암살까지 당하다 보면 화를 낼 수밖에 없겠지."

'이 미친놈들 대체 무슨 생각을 하는 거야? 아, 암살? 설마 영주님을 암살하겠다는 거야, 지금?'

침대 밑의 게올드는 입을 틀어막고 숨을 멈췄다.

당장이라도 뛰쳐나가 뺨따귀를 후려치고 싶은 충동이 일어났지만 그래선 일을 망치는 꼴이었다.

"그래, 그걸로 불씨를 붙이자. 우리 벤자리안에게도 꺼지지 않는 불꽃이 있다는 것을 보여 주자고."

"그래……. 그렇게 하자."

'그랬다간 우리 다 죽어! 우리 다 죽는다고, 이 미친 새끼

들아-!'

게올드는 울 것 같은 심정이었다.

                ✦

-영주님, 화급입니다. 지금 즉시 확인하셔야 할 것 같습니다.

베라디에게서 통신이 왔다.

베라디는 라모스의 장남으로 노잡이 맴버 중 하나였고 지금은 라모스 휘하의 정보단을 지휘하고 있다.

어지간히 급한 일이 아니었다면 이렇게 오라 가라 하지도 않았을 것이다.

카일은 보고 있던 일을 잠시 물려 두고 별실로 이동했다.

"영주님, 들어 보십시오."

베라디가 카일에게 감청 오브를 내밀었다.

카일은 그것에 의식을 집중했다.

그 안에서 아델린과 말라드의 목소리가 흘러나왔다.

그리고 그들이 하는 대화는 별실 안에 있는 단원들을 격한 분노로 몰아넣기에 충분한 것들이었다.

"영주님, 이대로 둬선 안 되겠습니다. 지금 즉시 가서 목을 잘라 효수해야 됩니다."

베라디는 격양된 목소리로 말했다.

베라디는 내심 카일이 골렘술사들을 그리 환대하는 것이

마음에 들지 않았다.

카일의 행동이 눈에 거슬린다는 뜻이 아니라 속이 상하고 분이 터졌다.

그냥 목을 잡아 움켜쥐고 원하는 것을 내놓으라고 하시길 바라는 게 솔직한 속마음이다.

자신들이 받아야 할 사랑을 빼앗겨 버린 것 같은 느낌이라서 말이다.

그래서 베라디는 골렘술사들의 행동에서 이따금 존경심이 부족한 듯한 모습을 보면 정말이지 피가 식은 느낌을 받았었다.

그렇지 않나.

자신들은 감히 그 옆에 서는 것도 긴장되어 십수 번 옷매무세를 가다듬는 영주님의 곁인데, 패전국의 찌꺼기들이 영주님 하시는 말씀에 토를 달고 불경한 소리를 하고 있으니 말이다.

그러던 와중에 암살 모의를 하는 것을 들은 것이다.

머리뚜껑이 열릴 것 같은 기분이었고 정말 머리가 찢어졌나 해서 만져 봤을 정도였다.

"살려 뒤선 안 될 놈들입니다. 가죽으로 깃발을 만들어 걸어놔야 할 것들입니다."

"쉿-."

카일이 입을 막는 제스처를 했다.

베라디는 복부에 칼을 맞은 듯한 표정으로 화를 억눌렀다.

대화 내용을 전부 다 들은 카일은 감청 오브를 내려놓았다.

"대화록은 전부 작성되어 있나?"

"예. 처음부터 모두 작성되어 있습니다."

"내줘 봐."

단원이 얼른 대화록을 추려 건넸다.

"영주님, 명령만 내려 주십시오. 지금 당장 가서 팔다리를 잘라 대령하겠습니다."

베라디는 분노를 감추지 못했다. 가만 보면 이런 자가 과잉 충성을 한다고 사고를 치기 마련이다.

"이봐, 베라디."

"예, 영주님. 명령만 내려 주십시오."

"자네는 나의 신하가 아닌가?"

"예?"

낮게 깔린 카일의 어조에 베라디는 순간 깜짝 놀라 당황스러운 표정을 지었다.

"예, 예. 맞습니다. 저는 영주님의 신하입니다."

"그런데 왜 나에게 명령을 하지?"

"그, 그, 그게 무슨 말씀이온지!"

베라디는 뭔가 크게 잘못했음을 인지하곤 냉큼 무릎을 꿇었다.

"제가 감히 어찌 영주님께 명령을 내리겠습니까! 그런 일은 추호도 없습니다."

"나에게 명령을 내려 달라 강요하고 있지 않나. 지금 그 태도가 꼭 종자를 채근하는 듯하더군."

"다, 당치 않습니다! 저는 그저 저 쥐 새끼들을 잡아 죽이고자……."

"그러니 말이다. 너의 그 욕심을 위해서 지금 나에게 명령을 강요하지 않느냐는 거다."

"소, 송구합니다. 그런 의도가 아니었습니다."

"너의 의도대로 행동하려 하지 마라. 내가 계획하고 내 실행한다. 너는 아직 주체적인 판단으로 사안을 결정할 수준이 아니다."

카일의 경고에 베라디는 깊게 고개를 숙였다. 자신이 실수하면 자신만으로 끝나는 것이 아니다.

나아가 자신의 가문과 아버지에게까지 그 누가 끼친다. 동생들은 말할 것도 없다.

아니, 그런 계산적인 생각까지 갈 것도 없었다. 베라디는 그저 따르고 싶은 이의 심기를 거슬렀다는 생각에 아찔한 기분이었다.

"죄송합니다. 반성하겠습니다."

"넌 당분간 대외 활동 하지 마라. 괜히 술사들을 마주쳤다간 사고를 치겠군."

"예, 영주님. 명심하겠습니다."

"됐다, 일어나라. 현행 그대로 유지한다. 모두 다 예상한 전개다."

"예, 영주님."

집무실로 돌아온 카일은 대화록을 차분히 살폈다.

가만 읽고 있다 보니 푸흡 웃음이 나왔다.

"그럼 지금 게올드 이 녀석은 아직도 방 어딘가 숨어 있는 거 아닌가?"

간단히 가구만 넣어 둔 방이라 숨을 곳이 마땅치 않다. 굳이 꼽자면 침대 아래밖에 없다.

"밤새 추울 텐데 입 돌아가는 거 아닌가 모르겠군."

내일 마주하면 체온 올릴 수 있게 따뜻한 술이라도 한잔 먹여야 하나 싶은 생각이다.

가까이 보면 비극이고 멀리 보면 희극이라더니 조금 웃고 나니 장르가 첩보 스릴러에서 액션 코미디로 변하는 느낌 이다.

"원래 방황이 심할수록 결정은 확고한 법이지."

만찬장에서 자신에게 따져 묻던 게올드는 어떤 선택을 할 까.

결과가 궁금한 밤이었다.

다음 날, 카일은 본래 일정대로 일과를 소화했다.

골렘술사들을 교육하는 것이다.

자신의 관리 감독이 없어도 알아서 마음에 들게 일할 정도까지는 수준을 올려놔야 속 편하게 다른 일을 할 수 있다.

"오늘부터는 본격적인 실습을 진행할 것이오. 각자 건축관과 일꾼들을 배정해 줄 것이니 서로들 상호 존중하며 일에 능률을 낼 수 있어야 할 것이오."

카일은 현장 지휘를 하는 한편 술사들의 면면을 살폈다.

그중에서도 아델린과 말라드, 게올드가 중심이다.

게올드는 아침나절 핼쑥한 얼굴로 나와 하루 종일 똥 마려운 개처럼 전전긍긍했고 아델린은 긴장한 얼굴이 역력했다.

그리고 말라드는 문뜩문뜩 고민이 있는 표정을 한 번씩 드러냈다.

카일은 현장 지도를 하며 은근슬쩍 아델린 곁으로 지나가기도 하고 등을 보여 주며 여유를 부리기도 했다.

하지만 아델린은 쉽사리 행동하지 못했는데, 그럴 때마다 게올드가 다가와 아델린을 부르거나 카일을 불렀기 때문이다.

'이것 참 웃으면 안 되는데. 웃음이 나오는구먼.'

그런 순간마다 카일은 무표정을 유지하느라 애를 써야

했다.

게올드의 하는 행동이 필사적이랄까, 뭔가 기특하달까.

한겨울의 날씨에 크게 몸 쓴 것도 없는데 비지땀을 뻘뻘 흘리며 주변을 맴돌고 있는 걸 보고 있자니 애처로울 지경이었다.

"술사님들, 점심시간입니다! 식사들 하시고 하시지요!"

시종들이 현장에 간이 테이블을 깔고 도시락을 세팅했다.

"영주님, 식사 준비되었습니다."

"그래. 그리 앉지."

카일은 영주석으로 준비된 천막 아래 간이 테이블에 앉았다.

카일도 골렘술사들과 같은 상을 받았다.

식사는 무화과 잼과 버터가 들어간 슈콘과 견과류 약간, 베이컨, 프라이가 들어간 바게트 빵에 수프였다.

디저트로는 초콜릿 약간과 우유, 혹은 각설탕과 비스킷을 더한 커피가 준비되었다.

노지에서 먹는 식사치고는 아주 훌륭한 편이다. 특히 디저트까지 신경 쓴 구성은 받는 사람으로 하여금 대접받는 느낌을 받게 하기 부족하지 않았다.

그렇게 식사가 이어지던 도중 게올드가 은근슬쩍 접시를 들고 카일 근처에 와서 어슬렁거렸다.

"이봐. 양이 부족해서 그런데 조금 더 먹을 수 있을까?"

그는 수프를 배식하는 시종에 말했다.

그러면서 눈으로는 카일을 바라보며 마구 윙크를 했다. 입 모양으로도 뭐라 뭐라 뻐끔거린다.

카일은 더 이상은 안 되겠다 싶었다. 혼자 전전긍긍하는 모습이 안쓰러워서 못 봐줄 지경이다.

"게올드 경, 어제는 바르테온의 음식이라고 불평을 하더니 오늘은 입에 맞나 보오."

카일이 넌지시 한마디 던졌다. 게올드는 주인의 부름을 받은 강아지처럼 이때가 기회다 하며 카일에게 다가갔다.

"예, 영주님, 이렇게 보람차게 일을 하고 먹으니 더 맛있는 것 같습니다. 어제는 제가 영주님께 큰 결례를 범한 듯합니다. 다시 한번 사죄할 기회를 주시겠습니까?"

"하하, 좋지. 가까이 오시오."

카일이 사람 좋게 웃으며 그를 불렀다. 게올드는 더욱더 가까이 다가와 무릎을 꿇었다.

그러곤 등으로 자신을 가리며 은근슬쩍 카일의 발치에 쪽지를 놓았다.

"무례를 용서하십시오! 기밀입니다. 은밀히 확인 부탁드립니다."

작은 목소리로 소곤거렸다.

"알겠소. 그 사죄 받도록 하지."

암살 시도가 있을 것입니다. 은밀히 독대를 허락해 주십시오.

쪽지의 내용은 아주 직관적이었다.

벤자르의 골렘술사가 자신에 대한 암살을 걱정해 줄 정도라니.

들인 품에 비해서 결과가 너무 좋다 할 만했다.

"점심 이후엔 개별 면담을 진행할 것이오. 어제오늘 일을 해 봤으니 이 일이 손에 맞는지 어떤지는 어느 정도 가늠이 왔을 것이오. 그에 대한 것을 가볍게 논할 것이니 부담 가질 것은 없소."

카일은 천막에서 골렘술사들을 하나씩 불러 면담을 진행했다.

대부분 일이 잘 맞는다, 바르테온에 남고 싶다. 계속할 만하다는 의견들이었고 그 외에는 더 큰 역할도 괜찮다거나 성벽 건설도 할 수 있다는 식으로 의욕을 불태우는 이들도 있었다.

그리고 드디어 게올드의 차례였다.

"와서 앉으시오."

"영주님, 쪽지는 보셨습니까?"

게올드는 목소리를 낮춰 물었다.

"보았소. 그리 소리 낮출 것 없소. 밖으로 새어 나가지 않을 것이오.”

“아, 예, 영주님. 제가 이걸 어디서부터 말씀드려야 할지 모르겠습니다. 지난밤 아주 황당한 일이 있어서 이렇게 실례 무릅쓰고 쪽지를 전달하였습니다.”

게올드는 내심 그 쪽지를 전달하자마자 카일이 비상을 걸고 즉각적인 대응을 할 줄 알았는데 그런 행동이 전혀 없어서 쪽지를 미처 보지 못한 것인지 머리가 아플 지경이었다.

그런데 확인을 한 후에도 이렇게 차분히 조치를 취한 것임을 알게 되니 안도의 심정으로 가슴이 푹 내려앉는 기분이었다.

“암살이라고 쓰여 있던데?”

“예. 이드와 제이콥이 수상합니다. 제가 어제 우연한 계기로 둘의 이야기를 엿들을 기회가 있었는데 암살을 모의하고 있었습니다. 그리고 그놈들 이름부터가 가짜입니다. 이드는 아델린이란 이름이었고 제이콥의 본명은 말라드였습니다.”

“그렇군—. 그래서 내가 어찌하면 되겠소?”

“어찌하다니요? 당장 저들을 체포하여 심문을 하셔야 하지 않습니까.”

“경의 증언 이외의 정확한 증거가 없지 않소.”

“서, 설마 지금 제가 없는 말을 지어내 무고를 한다고 생각하시는 것입니까? 절대 그렇지 않습니다, 절대. 영주님께서 그러셨잖습니까. 바르테온에서 거짓말을 하는 것만큼은 절대 용서받지 못한다고요. 그래서 지금 제가 고하는 겁니다. 거짓말을 하지 않기 위해서요. 그 둘이 암살을 기도하였고, 저는 그걸 들었습니다. 그래서 숨김없이 고하는 것입니다."

"경이 거짓을 말한다고 생각하지 않소. 다만 증거가 없음을 말하는 것이오."

"제가 증언하겠습니다, 제가."

"그렇다면 경은 동료를 팔아먹은 배신자가 되겠군."

"예?"

게올드는 뜨악하여 눈을 부릅떴다.

"증거가 없는데 증언만으로 암살자로 잡아들이면 경은 밀고자, 배신자가 되는 것이오. 시기도 미묘한 탓에, 자신의 허물을 벗으려 동료를 팔아넘겼다는 말을 들을 수도 있소. 경은 그것을 감당할 수 있겠소?"

게올드는 입을 꾹 닫았다. 정말 카일의 말처럼 될 수도 있는 일이었다.

그런데 한편으론 어제 자신이 대든 것 때문에 신뢰받지 못하고 있다는 생각도 들었다.

"그, 그게…… 하, 하지만 저는 거짓을 말하지 않았습니다."

"거짓이 아니라는 것쯤은 알고 있소."

"알고 계시는 겁니까? 제 말을 믿어 주시는 겁니까?"

"그렇소. 이곳은 바르테온이오. 이 땅에서 벌어지는 일 중 내가 모르는 것은 없소."

게올드는 눈을 끔뻑였다.

모르는 것이 없다는 말이, 지배력에 대한 상징적 표현이 아닌 현실 그대로의 사실을 말한 것 같은 느낌이었다.

"서, 설마 전부 알고 계셨습니까? 저들이 암살을 꾸미고 있다는 것을요."

"그렇소."

"어, 어찌……. 어찌 아셨습니까? 아니, 그것을 아는데 왜 체포하지 않으셨습니까? 이미 알고 계셨으면 증거도 다 있으신 것 아닙니까?"

"아직 실행하진 않았지 않소."

카일이 남의 일을 이야기하는 것처럼 쉽게 말했다.

게올드는 고개를 세차게 흔들었다.

카일의 이런 태도도, 대응도 아무것도 이해가 되지 않았다.

"저는 대체 영주님이 무슨 말씀을 하시는 것인지 모르겠습니다. 암살 모의를 했으면 당연히 잡아다 심문을 해서 죄를 자백받아야 하는 것 아닙니까? 그런데 왜 그렇게 하지 않으시는 것입니까?"

"지금은 일반적이지 않으니까."

"무엇이 일반적이지 않은 겁입니까?"

"말했지 않소. 나는 경들의 능력이 필요하다고. 솔직한 말이오. 나는 하고 싶은 것이 많소. 해야 할 일도 많지."

"그것이 암살자들을 벌하지 않을 정도로 큰 이유가 되는 것입니까?"

"나의 기사들과 신하들 모두 유능하지만 몸이 두 개는 아니오. 절대적인 머릿수가 부족하오. 지시하는 일이나 겨우 하는 심부름꾼이 아닌 스스로 더 나은 세상을 만들기 위해 일할 인재가 필요한 것이오. 억압으로는 그런 인재를 키울 수도, 불러들일 수도 없소."

게올드는 눈을 연신 깜빡였다. 자신의 귀로 듣고 있었지만 듣고 있는 걸 맞게 이해한 것인지 믿기지 않을 지경이었다.

"아무리 그래도 암살 모의인데…… 어느 영주가 이걸 그냥 넘어간단 말입니까?"

게올드는 아직도 카일을 이해하지 못했다.

머리로야 카일이 하는 말이 무슨 뜻인지 알겠다만, 그 행동 자체는 도저히 납득되지 않는 일이었다.

"내가 이미 인지하고 있소. 그러니 저들의 어떤 수를 쓴다고 한들 나를 해할 순 없을 거요."

"그런 생각을 했다는 것부터도 참수당할 일이지 않습니까? 영주 시해입니다. 그렇지 않습니까?"

"같은 말이 반복되고 있소. 지금이 특수한 상황이니 실행을 본 후에 조치를 취하겠다 말했소."

"저들을 가만두면 영주님의 권위가 실추될 것입니다."

"그만 알았으니 되었소. 그리고 그와 같은 일이 일어난다 하여도 경과 다른 이들은 연관이 없음을 기억하겠소. 이러면 좀 안심이 되겠소?"

"저는 그, 그런 속물 같은……."

게올드는 끝내 말을 다 잇지 못했다. 그게 맞았기 때문이다.

혹여나 아델린과 말라드의 암살 시도로 자신에게까지 불똥이 튈까 하는 생각에 덜컥 겁이 났다.

엮이는 걸 떠나 자신이 주동자처럼 내비칠 거라고 생각했다.

만찬장에서 의견을 피력한 게 자신이었기 때문이다.

"누구나 목숨이 달린 일엔 속물이라 할 수 없소. 그리고 경들이 나를 두려워한다는 것 또한 내가 인지하지 않으면 안 되는 사실이지. 해서 지금은 조금 더 신경 쓸 뿐이오. 살얼음이 언 강을 건널 때는 아무래도 발걸음이 조심스러워야 하지 않겠소."

카일은 온후한 표정으로 게올드의 어깨를 토닥였다.

식은땀이 흥건한 그의 얼굴이 안쓰러워 보였기 때문이다.

"영주님, 제가 여기서 무슨 답을 해야 하는 것입니까?"

게올드는 상상해 본 적 없었던 상황에 닥치니 자신이 어떤 행동을 해야 할지 갈피를 잡을 수 없었다.

그러니 물어볼 수밖에 없었다.

게올드는 지금 자신의 행동이 참 볼품없다 느껴졌지만 다른 방법은 생각나지 않았다.

"자리로 돌아가 아무 일 없었던 듯이 주어진 일에 열중하시오. 그러면 아무 일 없을 것이오."

"예……. 그러겠습니다."

게올드는 그렇게 자리로 돌아갔다.

그다음 몇 명의 순서가 돌아갔고 카일은 아델린을 불렀다. 명부상의 그의 이름은 이드이다.

"오늘은 지급받은 기사복을 입었군."

"입으라 준 것이니 입어야 하지 않겠습니까. 어제 그리 서운한 티를 내셔서 다들 성화가 들끓어서 말입니다."

"다른 사람 시선 의식해서 행동할 것처럼 보이지는 않소만."

"같은 벤자리안이 하는 말인데 아주 안 들을 수는 없지 않겠습니까."

공격적이다.

일부러 시비를 거는 듯한 투에 가깝다. 일을 만들려고 하는 것이다.

아마 뺨이라도 한 대 쳐 줬으면 아주 옳다구나 할 것이다.

어쩌면 목을 쳐 주길 바라는 것일지도 모른다. 불씨가 된다고 했으니 말이다.

카일은 상투적인 몇 마디를 덧붙인 후 그를 내보냈다.

그 후 다시 몇 명의 면담을 진행한 후 말라드를 불렀다.

말라드는 아델린과 달리 눈에 독기나 적대감이 그리 크지 않았다.

오히려 호기심이 엿보인다.

"앉으시오."

"영주님은 항상 이렇게 일하십니까?"

말라드는 자리에 앉으며 질문을 먼저 했다.

그가 이런 두서없는 질문을 한 것은 해결되지 않는 의문을 초조하게 고민해 왔기 때문이다.

"일을 이렇게 하냐니? 그것만 들어서야 꼭 따지는 것 같소만."

"아닙니다. 일을 못한다 따진 게 아니라, 이렇게 하나하나 살피면서 일을 하시냐 물은 겁니다. 그리고 이런 면담 같은 것들 말입니다."

"이상하오?"

"일반적으론 이렇게 안 하지 않습니까."

"벤자르에선 그렇소? 벤자르의 일반은 어떻소?"

카일이 뭔가 의도를 가지고 대화를 구성한 것은 아니었다. 그저 그의 질문을 평소처럼 받은 것일 뿐이었다.

그런데 말라드는 뭔가 큰 충격이라도 받은 것처럼 입을 꾹 다물었다.

"내가 불편한 질문을 하였소?"

"아, 아닙니다. 그런 건 아닙니다."

"그럼 답해 보시오. 벤자르가 어떤지를 알아야 내가 차이를 알려 줄 것 아니오."

"벤자르에선……. 보통 명령합니다."

"일방적인 명령 말이오?"

"예. 명령하면 따르는 것이고. 지시하면 외우는 것이고. 그렇습니다. 조금 그런 편이죠. 하하. 다른 곳은 어디 안 그렇습니까? 로펨도 그럴 것이고 아슬란도 그럴 것입니다. 그런데 바르테온이 좀 이상한 것이죠."

이상하다 함은 생경함을 뜻한다. 어색함을 뜻하고 예상과 다른 이질감을 뜻한다.

카일은 말라드의 의식 안에 있는 바르테온에 대한 개념이 심상찮게 흔들리고 있음을 인지했다.

사실 그러한 단초는 어제의 대화록에서도 보이긴 했었다.

그래서 혹여나 한 것이다.

이렇게 쉽게 흔들릴 것이었다면 낙원에 남은 이들은 왜 그렇게 처절했던 것일까 의문이 들 정도다.

"바르테온도 명령할 때가 있소. 그저 무조건 외우라 할 때도 있고. 지금이 그런 상황이 아닐 뿐이오."

"상황에 따라 다르다는 겁니까?"

"그렇소."

"그것은 백성들의 집을 빠르게 지어 주기 위해서 우리 술사들이 필요하기 때문입니까?"

이번에도 두서없는 질문이었지만 카일은 그가 무엇이 궁금한지 이해하고 있었다.

자신의 행동의 이유가 궁금한 것이다.

"오늘 같은 질문을 두 번이나 받는군. 근본적으로 따지면 그저 술사들을 원하기 때문은 아니오."

"저희들을 원하는 게 아니라고요? 그러면 더욱더 말이 안 되지 않습니까."

말라드는 어미 입 속에 있는 음식을 빼앗으려 하는 새끼처럼 저돌적이었다.

"창의적인 인재를 원하기 때문이오. 바르테온의 기사들은 고루함이 없지 않거든. 외부 자극이 필요하기도 하고, 외부 인재를 수용한다면 그것으로도 좋고. 해서 그대들을 힘으로 누르지 않는 것이오."

"창의력은 통제되지 않는 생각이지 않습니까. 규정을 벗어나는 무질서이기도 하고요. 영주님께선 이미 영주이신데 어째서 창의적인 인재가 필요한 것입니까?"

"변혁을 위해서지."

"당치 않습니다. 변혁은 투철한 신념. 변하지 않는 의지에서부터 나오는 것입니다."

말라드는 강한 어조로 대답했다.

카일은 그의 모습에 후훗 웃었다.

말라드가 지금껏 쓰고 있던 가짜 가면이 벗겨지고 본래의 모습으로 답을 했기 때문이다.

그만큼 평정심을 유지하지 못하고 있다는 뜻이다.

"경은 그리 배웠소?"

카일의 말에 말라드의 눈동자가 크게 흔들렸다.

배웠냐는 그 질문에, 자신의 배움의 출처가 떠올라 버린 탓이다.

카일은 그에게 식어 가는 차를 밀어 줬다.

"내가 원하는 변혁은 누군가의 강력한 신념이 아닌, 수많은 창의가 어우러져 융성하는 변혁이오. 하여 나의 역할은 무대를 만들어 주는 것이오. 그 안에서 어떤 이야기를 할지는 경들의 몫이오."

"단결되지 않은 생각은 세상을 변화시킬 힘이 없습니다."

"경이 그렇게 세상을 보아서 그리 믿듯, 나도 내가 본 세상을 믿고 믿는 대로 행하는 것이오. 보시오. 이것도 변혁이지 않소."

카일은 그의 잔 옆으로 각설탕을 밀었다.

"이런 각설탕이 변혁과 연관이 있다는 겁니까?"

"설탕이 나는 순간부터 각설탕은 아니었소. 분명 누군가 처음으로 설탕을 네모나게 굳혀 만들 생각을 했겠지. 그 덕에 어찌 되었소? 우리는 이렇게 소분된 설탕을 가볍고 부담

없이 들고 다니면서 커피에 더해 먹을 수 있게 되었소. 그저 설탕을 뭉쳐서 굳힌 이 작은 창의력이 우리의 생활을 좀 더 풍부하게 변화시킨 것이오."

"하지만 이건 정말 작은 변화이지 않습니까? 변혁이라 할 수 없습니다."

"커피는 격조 있는 디저트요. 귀족 연회에서 커피가 빠져서야 격이 없다 하지. 하지만 그 맛이 써서 설탕이 없으면 쉽게 즐기지 못하는 음료요. 귀한 설탕은 야외에 들고 다니며 쓰기가 영 마땅찮기 때문에 덩달아 커피 또한 잘 챙기지 않았었소. 그래서 커피는 실내에서만 먹는 음료란 인식이 있었소."

말라드는 진지한 태도로 카일의 말에 집중했다.

그 안에서 답을 찾으려는 의지가 엿보였다.

"그 시점에 각설탕이 만들어졌소. 그때부터 기사들은 야외 임무 때에도 커피를 챙기게 되었고 지금은 커피가 야외 파견의 필수품이 되었소. 그다음을 유추할 수 있겠소?"

"기사들이 커피를 많이 먹는 것뿐이지 않습니까."

"늘어난 소비량만큼 커피 산업이 발전하게 된 거요. 거기서 끝이 아니라 커피 산업이 발전하면서 커피와 어울리는 디저트 산업의 발전도 불러왔소."

카일은 테이블 한쪽에 있는 카라멜 비스킷을 그 앞으로 내밀었다.

"설탕을 뭉쳐 놓은 것뿐인 작은 창의 하나가 한 영지의 식문화를 바꿔 놓을 정도의 변혁을 만들었소."

"그런 사소한 것까지 변혁이라 치면 이 세상에 변혁이라 하지 않을 게 없을 겁니다."

"그런 사소한 변혁들이 모여 큰 변혁을 불러오는 것이오. 경 또한 그 변혁 안에 있는 것이고."

"제가요? 제가 지금 영주님의 변혁 안에 있다는 말씀이십니까?"

"지금껏 없었던 건축술로 건물을 올리고 있지 않소. 그리고 고층으로 올리고 있소. 기존보다 세 배, 네 배 이상의 인구밀도가 만들어질 것이오. 그렇게 밀집화된 인구는 또 다른 변화를 만들어 올 것이오. 그런 변화들이 쌓이고 더해지면 과거의 모습과 다른 미래가 만들어 지는것이고, 그것이 변혁이오."

카일의 말이 끝났다. 말라드는 뭔가 모를 표정으로 입을 뻥긋거렸다.

믿을 수 없다는 표정과 믿기 싫다는 표정이 한데 뒤섞이어 어지럽다.

"그, 그건 너무……. 끼워 맞추기이지 않습니까. 변혁이란 단어를 그런 식으로 사용하진 않습니다."

"그렇소? 경의 생각이 그렇다면 그렇다고 합시다. 그게 중요한 건 아니니. 어찌 되었든 내가 무슨 이유로 창의 있는 인재를 원하는지는 이해가 되었을 것이오."

말라드는 다시 골몰했다. 그의 얼굴은 더 많은 혼란으로 얼룩졌다.

그 혼란이 가중될수록 말라드의 얼굴은 고통을 참는 듯 잔뜩 일그러져 버렸다.

"바르테온은…… 바르테온은 그게 아니지 않습니까?"

"무엇이 아니라는 것이오?"

"바르테온은, 바르테온은!"

말라드의 얼굴이 붉게 달아올랐다. 억울함에 울 것 같은 표정이다.

입술을 꽉 깨물어 보지만 사정없이 떨리는 울대가 기어코 속에 있는 말을 밀어 올릴 기세다.

"바르테온의 방식은 그것이 아니지 않습니까. 빼앗고, 지배하고 짓밟은 것이 바르테온 아닙니까?"

말라드는 결국 참지 못하고 뱉어 냈다.

"손에 묻힌 피가 있으니 바르테온에 그런 면모가 없다 하진 않겠소. 하지만 어디까지나 적에게 모진 것이오. 적에겐 누구나 모질지 않소."

"벤자르는 바르테온의 적이지요?"

말라드가 목소리를 쥐어짰다.

꼭 그렇다고 말해 달라는 것 같은 느낌이다.

"아니오."

"어째서 아닙니까? 어째서 아닌 것입니까!"

"전쟁이 끝났으니까."

"전쟁은 끝나지 않았습니다!"

말라드가 반사적으로 외쳤다. 그러다 깜짝 놀라 제 입을 틀어막았다.

말라드의 눈동자가 이리저리 흔들렸다.

카일은 그런 그를 다그칠 생각이 들지 않았다.

말라드는 별낙원에서 봤던 앙겔과 다르다. 함께 온 아델린과도 달랐다.

말라드는 틈이 될 수 있는 이였다. 낙원단의 빈틈 말이다.

"말라드, 삶은 선택의 연속이다."

기운이 빠져 있던 말라드가 눈을 부릅떴다. 손이 덜덜 떨린다.

당황함에 동공이 확장되었다가 이루 말할 수 없을 정도로 얼굴이 일그러지기도 했다.

그는 떨리는 손으로 무릎을 움켜쥐었다.

손이 떨리는 것인지 다리가 떨리는 것인지 구분이 안 된다.

몸 전체가 떨리는 것이라 그렇다.

"어, 어, 언제부터, 언제부터 알고 있었습니까?"

"처음부터. 너희들의 시작부터 모든 것을 알고 있다."

"다-! 전부 다 알고 있었습니까? 그럼에도 우리를 이렇게 농락한 것입니까? 바르테온에선 기만을 하면 안 된다더니, 우리를 이렇게 기만했습니까?"

"스스로 전쟁이 아직 끝나지 않았다 하더니, 적에게 기만을 운운하는가. 하면, 내가 경을 바로 잡아들여 심문하고 효수하는 것이 옳았겠나?"

"이제야 본색을 드러내는구나! 옳지! 바르테안이라면 그래야지!"

효수를 운운하니 오히려 그의 얼굴에서 고통이 가신 듯 미소가 번졌다.

"그리 생각하면 편하겠지. 하지만 제대로 이끌려거든 제대로 보아야 하지 않겠나. 감정을 정리한 후 차분히 생각하여 선택해. 아무런 선택을 하지 않는 선택 또한 존중할 테니."

"당신은—! 당신은……!"

말라드는 말을 잇지 못하고 온몸을 부들거렸다.

마나가 머리로 솟구치고 있었다. 별낙원의 마나 운용 때문이다.

그냥 두면 백치가 돼 버릴 가능성도 없지 않았다.

카일은 그의 어깨를 짚곤 마나를 밀어 넣어 들끓는 기운을 가라앉혀 줬다.

"나는 채근하지 않을 것이니 차분히 생각하시오."

카일은 그렇게 면담을 끝낸 후 오전과 똑같은 일정을 소화했다.

그런 카일을 보는 셋의 시선은 완전히 다른 방향을 향해
가고 있었다.

✦

며칠의 시간이 지났다.

그 며칠 동안 골렘술사들은 백 채가 넘는 집을 지어 사람
들에게 양도했다.

집을 받은 영지민들은 하나같이 두 손 모아 감사를 표했고
작게는 달걀에서부터 크게는 투척도까지, 자신이 표할 수 있
는 성의를 전달했다.

특히 어린 소녀들은 밀짚으로 짠 화관을 전해 줬는데, 그
것이 지금은 무슨 휘장처럼 되어 술사들의 숙소에는 저마다
자신의 화관이 쌓여 있는 자리가 있을 정도였다.

"나 오늘 화관 하나 더 받는다. 오늘껏 치면 5화관이야."

"솔직히 한 개는 빼야지. 너 한 집에서 두 개 받았잖아. 데
이지 자매네 집."

"어쨌든 감사의 표시인 건 맞지. 두 배로 감사하니까 그
집 딸들이 다 화관을 짜 준 거 아니냐."

"웃기지도 않네. 한 집에 하나씩이야. 그렇게 따지면 딸
많은 집만 골라서 집을 지어 주게?"

"파하하하. 백날 그래 봐라 이게 쉽나. 어젠가, 그젠가? 누구냐. 그, 덴츠. 덴츠 걔."

"덴츠가 왜?"

"그 녀석이 지어 준 집이 딸만 다섯 있는 집이야. 그런데 화관은 하나도 못 받았다. 스웨터만 하나 받았지."

실상 따지면 스웨터가 더 좋은 거다.

특히 양모로 만든 스웨터는 평민들이 엄두 내기 어려운 옷이며 밀짚 따위에 비할 게 아니었다.

하지만 그들에게 화관은 이미 어떠한 상징으로 올라서 있는 상황이었다.

진정한 만족과 고마움의 표시랄까.

특히 어린아이가 고사리 손으로 만들어 준 엉성한 화관이 가장 높은 등급의 화관이었다.

그것이 그만큼 순수한 의미의 감사 표시라 여겨졌기 때문이다.

"그건 사심이야, 사심이라고. 못 봤냐? 그 집 셋째 딸이 딱 혼기가 차 있었잖아. 보니까 스웨터도 셋째 딸이 건네줬을걸."

"그래?"

"그렇다니까."

"이야-. 그런데 진짜 바르테안들은 속을 모르겠네."

"갑자기 웬 속 타령?"

"말하자면 청혼을 한 것인데, 우리한테 청혼을 할까 싶어서 말이야."

"그게 왜, 우리도 귀족인데? 영주님께서 기사 작위 내려 준다고 했잖아. 사실 그날 별일 없었으면 벌써 작위 받고도 남았지."

"그런가?"

"평민들 눈에야 뭐 별다른 거 있겠냐. 그리고 우리가 무시당하는 것도 아니고. 아, 넌 그런 적 없지? 나 사일론 경이랑 다섯 마디 나눴는데. 사일론 경이 내 이름도 듣고 갔어."

"사일론 경이라면 그 성벽 깃발?"

"그래. 펜타소드. 영주님과 독대도 하는 최고 실세 중 한 명. 그분이 내 이름을 기억한다 이거야."

"이름 기억한다고 뭐 있겠냐?"

"기억 못 하는 것보다야 좋지. 내가 생각을 해 봤는데, 어차피 여기서 일하는 거 누가 되었든 라인 하나 잡는 게 낫겠다 싶었거든. 된다고만 하면 펜타소드 직계로 들어가면 다 끝난 거지. 바르테온 기사들도 못 들어가서 안달인 가문인데."

"설마 너 혼자 들어가려는 건 아니지?"

"방금 전에는 뭐 있냐며?"

"뭐가 있으면 좀 같이 보자는 거지. 동기 좋다는 게 뭐야."

"실력이 우선 돼야지. 사일론 경께서 내 역끼워 맞춤 공법을 보시고 이름을 물어 주신 거라고.”

“뭐? 역끼움? 이 자식 이거 완전 얌체네. 혼자 그런 거 연구하고 있었냐?”

젊은 골렘술사 둘이 투닥거리며 현장으로 향하고 있다.

대부분의 분위기가 비슷하다.

이제 그들은 바르테온의 것에 익숙해져 있는 상태였다.

물론 아직 익숙해지지 못한 자들도 있었다.

오히려 시간이 지날수록 더욱 큰 혼란에 정신을 차리지 못하는 이들이었다.

“아델린, 너도 이제 알겠지? 우린 실패했어. 돌아가야 해.”

“아직 아니야.”

“지금 쟤네들이 하는 걸 보고도 그런 말이 나와? 이미 시점을 놓쳤어.”

“요 며칠 영주한테 접근할 기회가 없었을 뿐이야. 조만간 작위 수여를 한다고 하니까 그때를 노리면 돼.”

“기회의 때를 말하는 게 아니야.”

“너, 무슨 말이 하고 싶은 거냐?”

말라드를 보는 아델린의 시선이 희번득 변했다.

그간 희미하게 어렸던 의심을 씨앗이 표면으로 드러나는 순간이었다.

“불씨를 꺼트리자는 거냐?”

아델린이 격노의 감정을 추스르지 못했다.

말라드는 더 이상 혼자 숨기고 있을 수 없다고 여겼다.

"우리를 다 알고 있더라."

"그래? 바르테온 영주가 그걸 어떻게 알까?"

아델린의 눈빛이 차갑게 가라앉았다.

말라드는 뭔가 잘못되었음을 인지했다.

"그거야 모르지. 하지만 이미 알고 있었어."

"그럼 너는 그걸 어떻게 알았지? 바르테온 영주가 우리를 알고 있다는 사실을!"

말라드를 보는 아델린의 표정에 살기가 어렸다.

"날 왜 그렇게 보는 거야? 설마 너, 날 의심하는 거야?"

"의심? 이건 의심이 아니라 확신이라고 하는 거다. 바른 대로 말해라. 내통했나?"

"뭐?"

"그러지 않고서야 그자가 우리의 이름을 어떻게 알아?"

"무슨 헛소리를 하는 거야? 내가 왜 내통을 해?"

"며칠 전부터 이상했다. 불씨가 될 계획을 말하는 동안 네 눈빛이 흔들리는 것을 봤거든. 그런데 오늘은 아주 가관이 군. 시기를 놓쳤다고? 저 간악한 사기꾼이 너에게 뭐라고 하든? 부와 명예를 쥐여 주겠다고 해? 바르테온의 처녀 77명을 대령하겠다고 하던가?"

"무슨 개소리야! 바르테온 영주는 그런 사람이 아니야!"

말라드는 자신이 뱉어 놓은 말에 깜짝 놀라 주변을 돌아봤다.

주변인들의 시선이 둘에게 쏠려 있었다.

"더러운 변절자 놈. 너를 믿고자 했던 내가 죄인이다."

아델린의 얼굴이 악귀같이 어그러졌다. 말라드는 갈피를 잡을 수 없는 심정이었다.

자신이 어떤 선택을 해야 할지, 도무지 알 수 없었다.

별낙원에서 듣고 배운 것들과 직접 경험한 것들에서 오는 괴리감은 그의 판단력을 박살 내기 충분했고, 혼란으로 휘저어 버리기에도 차고 넘쳤다.

"불씨는 타오를 것이다. 아무리 거짓 위장을 한다고 해도 바르테안은 바르테안이다."

아델린은 뒤로 훌쩍 뛰었다. 그러곤 반지의 돌기를 젖혔다. 날카로운 바늘이 올라왔다.

"야!"

아델린은 그 바늘로 손바닥을 그어 술식을 완성했다.

그야말로 순식간이었다. 지금까지 수만 번 훈련한 것이니 당연한 속도다.

콰르르릉–!

아델린의 몸으로 바윗덩이들이 뭉쳐들었다.

그렇게 뭉쳐든 바윗덩이가 향하는 곳은 분명 잘못된 방향이었다.

"뭐 해!"

멍하게 넋을 놓고 있는 말라드를 제치고 튀어 나간 것은 게올드였다.

"너희는 불씨가 되어 타오를 것이다!"

콰앙!

아델린의 골렘이 그간 지어 둔 집을 향해 덮쳐들었다.

돌 파편이 비산하고 지붕이 내려앉았다.

"집! 집! 이 미친놈아! 집 안에 사람이 있어! 집 안에!"

게올드는 울부짖었다.

그리고 그 순간이었다.

콰득ㅡ.

사과 베어 무는 타격음과 함께 아델린의 머리통이 사라져 버렸다.

눈 깜짝할 사이였고, 그사이 사방에 기사들이 가득 찼다.

그중 몇몇의 기사들이 무너지려 하는 집을 받쳐 들었다. 그 바르테온의 기사들은 골렘을 다루고 있었다.

"확보! 사상자 없음! 부상 경미!"

기사들은 순식간에 집 안에 있던 사람들을 구해 냈고 그 이후에는 또 어디에서 나타났는지 모를 사람들이 나타나 부상자들을 들쳐 메고 뛰기 시작했다.

그 모든 것이 순식간에 벌어진 일이었다.

상황이 정리된 후에 남은 것은 골렘의 형태로 허물어져 버린 아델린뿐이었다.

"비켜서시오."

평민의 복장을 한 기사가 와서 게올드에게 말했다. 게올드는 뭐가 뭔지 몰라 얼떨떨한 얼굴로 비켜섰다.

그는 허물어진 돌무지를 걷어 내더니 머리가 사라진 아델린의 시신을 확인했다.

"완전 침묵 확인하였습니다. 시신 수습합니다."

아델린은 허물어진 돌무더기와 함께 뒤엉켜 수거되었다.

바닥에 남은 핏자국도 단숨에 지워졌다.

"모든 상황 종료되었습니다. 일상 복귀 명령 하달받습니다. 상황 종료, 일상 복귀."

"상황 종료, 일상 복귀."

그 말과 함께 주변에 몰려들었던 사람들이 다시 순식간에 사라졌다.

그러고 나니 남은 것은 넋 빠진 표정의 골렘술사들뿐이었다.

만약 저 부서진 건물마저 없었다면 정말 아무 일도 없이 순간 꿈을 꾸었구나 싶었을 정도였다.

"자! 다들 근무 시작합니다! 오늘도 여러분의 손길을 기다리는 영지민들이 많습니다!"

건축관들의 목소리가 차갑게 내려앉은 침묵을 박살 냈다.

말라드는 그제야 화들짝 놀라 몸을 부르르 떨었다.

"말라드 술사님, 괜찮으십니까?"

"어? 어어. 어. 괘, 괜찮소."

말라드는 지금까지 함께 손발을 맞췄던 건축관이 오늘에서야 갑자기 말라드라고 호명을 하는 것도 눈치채지 못할 정도였다.

"그러면 이 부서진 가옥을 우선 수리하면 어떻겠습니까? 이런 부분 교정은 말라드 술사님께서 가장 뛰어나시지 않습니까."

"그, 그럴까? 그러지. 그렇게 하자고."

건축관이 오브를 내밀었다. 하지만 그것이 말라드의 손 위로 올라가진 않았다.

건축관이 슬쩍 손을 뺏기 때문이다.

"말라드 술사님, 그 반지는 빼 주셔야 하지 않을까요?"

"그, 그게 무슨 소리야?"

"그 반지 말입니다. 마침 아델린 술사님도 똑같은 반지를 끼고 있던 것 같아서요."

말라드는 또 한번 등골이 오싹하여 몸을 부르르 떨었다.

며칠 동안 함께 일했던 건축관이 진짜 건축관이 맞는 것인지, 저 인부들이 정말 인부가 맞는 것인지도 혼란스러웠다.

"어서요. 그래야 오브를 드리지요."

"여, 여기."

말라드는 뭐에 홀린 것처럼 반지를 빼어서 내줬다.

옆을 슬쩍 보았다.

게올드가 건축관과 함께 이동하는 중이었다. 그런데 그의 표정은 10년 묵은 체증이 쑥 내려 간 것처럼이나 시원해 보였다.

"그럼 오늘 하루도 잘 부탁드립니다. 말라드 술사님."

"그, 그래. 나도 잘 부탁하오."

건축관은 골렘 오브를 건네며 말했고 말라드는 오브를 받으며 답했다.

술사 한 명이 사라진 것만 빼면 평소와 다를 것 없는 하루였다.

3장

"영주님, 상황 종료 보고드립니다."

"특이 사항은?"

"없습니다. 둘 모두 영주님의 예상 범위에서 행동하였습니다. 조치 또한 예상 조치대로 진행했습니다."

베라디가 하염없는 존경의 눈빛을 보내며 고개 숙였다.

"말라드는 자해나 자살을 할 수도 있으니 당분간은 계속 신경 쓰도록."

"거두실 생각이십니까?"

"낙원단 출신이라 염려되나?"

"낙원단 그 이상이라고 해도 영주님의 손바닥 안이라고 생각합니다. 염려치 않습니다."

"어떠한 조직을 와해시키는 데 가장 좋은 것은 전향자를 만드는 것이다. 그러려거든 전향자를 차별 없이 대해야 한다."

"예, 명심하겠습니다."

"정보단은 정보를 다루는 만큼 더욱 조심스러워야 한다. 무의식중에라도 알고 있는 것을 표출하지 않도록 항상 자기 검열을 하도록."

"예, 그 또한 명심하겠습니다."

"이 문서들은 모두 파기하라."

카일은 지난 며칠간 한 박스나 쌓인 녹취록 문서를 가리켰다.

"복사본이 없는 녹취록입니다. 이걸 파기하면 낙원단의 흔적과 말라드의 이력 또한 지워지는 것인데, 괜찮을지요?"

"방금 전에 전형자를 차별 없이 대해야 한다고 했다. 내가 기사들의 과거 행적을 약점 잡아 손에 쥐고 있던가?"

"아닙니다. 그렇지 않습니다."

"그러니 파기하라."

"예, 영주님."

베라디는 직접 박스를 들고 나갔다.

"생각보다 빨리 진행됐구먼."

카일은 이글루 박스 하나를 완료 항목으로 넘겼다.

아델린에 대한 것이었다.

말라드의 심경에 변화가 있음을 느낀 후, 카일은 일부러 건축 현장에 거리감을 살짝 두었다.

　참여는 하되, 하루 종일 작업을 하진 않았고 작업을 하더라도 아델린이 접근하기 애매한 위치에서 자리를 잡았다.

　그럴 때마다 아델린이 암습을 가할 기회를 노린다는 것을 뻔히 알고 있었다.

　그리고 지난밤에는 숙소를 몰래 빠져나와 관저 근처까지 온 것도 다 알고 있었다.

　하지만 결과적으로 암살 실행은 없었다.

　의도적으로 빈틈을 보이되 결정적인 기회는 주지 않았기 때문이다.

　그럴 때마다 아델린은 무리를 해서라도 암살을 시도하려고 했고 말라드는 그것을 말리는 쪽이었다.

　결과적으로 아델린은 암살 계획을 실행하지 못하고 민간인에 대한 테러로 노선을 변경했다.

　말라드에 대한 의심 때문이었다.

　둘이 해서도 성공을 가늠할 수 없는 상태인데 혼자서, 그것도 배신자를 옆에 끼고 단독으로 성공시킬 수 없다고 판단한 것이다.

　어찌 되었든 아델린은 죽었고 말라드는 살았다.

　그 결과 불꽃이 되려 했던 아델린은 그 불을 피우지 못했고, 오히려 찬물을 끼얹은 꼴이 되었다.

벤자르의 골렘술사로서 카일에게 엄청난 명분을 남겼기 때문이다.

민간인 테러를 자행했다는 그 명분.

그만한 명분이라면 술사들을 전부 바르테온강으로 던져버려도 지탄받지 않는다.

물론 그렇게 하지 않을 것이다.

오히려 지금이다. 저들의 불안감이 최고조에 달해 있는 바로 지금이 기사 작위를 수여할 최적의 순간이었다.

게욀드는 입김이 풀풀 나는 날씨에도 아랑곳하지 않고 찬물로 세수를 했다.

오늘 아침 일어난 일이 정말 환상 같아서 말이다.

무슨 일이 벌어졌는지는 확실히 알겠는데 왜 아무도 이것을 지적하거나 내색하지 않는 것인지 이해가 되지 않았다.

다들 그냥 일상처럼 움직이고 있었다.

그런데 술사들은 서로의 눈치를 보고 있는 느낌은 분명 있었다.

아무도 입 밖으로 이야기를 꺼내고 있지 않지만 다들 본 것이다.

살얼음판을 걷는 것 같은 기분이라, 괜히 입 밖으로 내어서 그 사실을 인지시키는 순간 강바닥의 얼음이 전부 쩌적 갈라져 버릴 것 같은 기분인 것이다.

그래서 게올드 또한 누구에게도 자신이 본 것을 확인할 수가 없었다.

이대로 지나가는 것일까, 아니 이대로 지나갔으면 좋겠다 하는 불안한 마음으로 가슴 졸이고 있을 때 영주가 현장으로 행차했다.

꿀꺽-.

그 모습에 게올드는 마른침을 삼켰다.

영주가 갑옷을 입고 왔기 때문이다. 더군다나 말까지 마갑을 입혀 왔다면.

영주 정복도 잘 입지 않는 사람이 갑옷을 입고 왔다면 그것이 무슨 의미이겠나.

일대의 분위기가 얼어붙었다.

골렘술사들은 모두가 서로의 표정을 살피기 바빴다.

"서, 서, 선배. 선배."

어린 술사 하나가 게올드에게 와서 턱을 덜덜 떨었다.

"괘, 괘, 괜찮을 거다. 괜찮을 거야. 우리는 아무 연관이-."

"영주님 행차시다-!"

수행의 목청이 우렁차게 터졌다.

"영주님을 뵙습니다!"

장내의 모든 바르테안들이 일순 고함을 터트리며 무릎을 꿇었다.

"여, 여, 영주님을 뵙습니다!"

게올드가 시작이었다. 본능적으로 그리해야만 할 것 같았다.

"영주님을 뵙습니다!"

모든 술사들이 무릎을 꿇었다.

"오늘 상서로운 일이 있었음을 알고 있다."

카일의 한마디에 술사들은 가슴 위로 큰 바윗덩이가 떨어진 것처럼 숨이 덜컥 막혔다.

허허 웃으며 다 받아 줄 것만 같은 모습만 보여서 잊고 있었다.

눈앞의 바르테온 영주가 극의를 뛰어넘은 마스터라는 사실을 말이다.

이럴 줄 알았으면 더 열심히 일할걸, 미리 찾아가 충성을 맹세할걸 하는 후회들이 물밀듯이 밀려왔다.

며칠간 함께 일하던 건축관들이 오늘따라 왜 이렇게 멀리 떨어져 있는 것인지 야속할 지경이다.

목숨이 경각에 달했다 느끼니 누구라도 구명의 목소리 한마디만이라도 뱉어 주길 바라는 마음이 간절했다.

"하여 더 이상 늦출 수 없다 여겨 나왔다. 오늘 나는 경들에게 선택의 기회를 줄 것이다."

"여, 여, 영주님, 일전에 말씀드린 대로, 저희는 무관합니다. 저희는 아무도! 아무도 그자의 만행에 가담하지 않았습니다!"

게올드가 식은땀을 뻘뻘 흘리며 목소리를 내었다. 하지만 그 음성은 감히 멀리 퍼지지 못했다.

게올드는 물속에서 소리를 치는 것처럼 숨이 턱 막히는 느낌에 목을 움켜쥐며 다시 무릎을 꿇었다.

"바르테안이 되는 자, 포용으로 보듬을 것이니. 바르테온의 기사가 될 이들은 이 땅에 무릎 꿇으라."

술사들은 누가 먼저라 할 것 없이 모두 무릎을 꿇었다.

"무고합니다. 영주님, 저희는 무고합니다."

"저는 그, 그 작자랑 말 한 번 나눈 적도 없습니다."

"저희는 처음부터 바르테온이 좋아서 영주님의 부름에 응한 것입니다. 저희는 절대 이상한 마음을 가지지 않았습니다! 믿어 주십시오!"

그들은 두려움에 떨며 자신의 무고함을 변명했다.

그 모습에 바르테온의 기사다움은 한 톨도 없었다.

그나마 한 명. 말라드만이 고개를 들고 있었다.

죽음을 받아들인 얼굴이었다.

'목숨을 구걸하는 광경이라 생각하지 말자. 이것은 진실로 자신의 무고함을 고하는 것일 뿐이다.'

이들 하나하나가 마음에 드는 것은 아니지만, 더 많은 것을 손에 쥐기로 한 이상 너무 가려 받아서야 안 된다.

예의가 없는 홉스를 진심으로 존중할 수 있는 것처럼 기백이 약한 이들도 진심으로 존중할 수 있어야 한다.

이 세상 모든 이가 바르테안답지는 않을 테니 말이다.

"나의 눈은 모든 바르테안을 비출지니, 오늘의 간절함을 기억하라."

더 말할 게 없었다. 그들에게 오늘 있었던 기괴한 일들은 이미 뇌리에 박혀 잊지 않을 것이다.

그리고 그 기억은 지난 며칠간 느꼈던 바르테온의 따듯함과 비교되어 더욱 극명한 대비를 선사할 것이다.

"절대! 절대, 그러지 않을 것입니다! 절대!"

"바르테온에 충성합니다!"

"바르테온의 것을 먹고, 바르테온의 것을 입겠습니다! 바르테안이 되겠습니다!"

그들은 그렇게 충성을 맹세했다.

당장에 좋은 검은 아니었지만, 다듬을 가치는 충분한 검들이었다.

✳

카일의 집무실에 휴슬레, 사일론, 라모스가 모여 있다.

모즈와 챠드가 고원의 총독관에 있고 데미트라가 산악

진지에 올라가 있으니 영내의 펜타소드가 모두 모인 셈이다.

"이쯤이면 충분하다 싶은데, 경들의 생각은 어떻소?"

카일은 자신이 받은 보고서를 내주며 물었다.

그동안 골렘술사들을 정밀감청한 결과 보고다.

골렘술사들이 모두 기사 작위를 받은 후, 이 셋은 한목소리로 골렘술사들에 대한 정밀 감청을 해야 한다고 건의했다.

카일은 남은 이들 중엔 낙원단이 없다고 말했지만, 셋은 저들의 맹세에는 두려움도 큰 지분을 차지하고 있으니 저들의 일상을 파악하여 그 충성심의 진위를 가려 두어야 한다고 말했다.

카일은 그것이 썩 내키지 않았으나, 이참에 골렘술사들에 대한 의심과 의구심을 해소하고 다음 단계로 진행하는 게 낫다고 판단하여 그들의 청을 들어줬다.

그리고 지금 그 결과가 나온 것이다.

"우선하여 키울 인원들에 대한 변별력은 충분하다고 생각합니다."

"저 또한 동의합니다."

"저도 그렇습니다."

골렘술사들 중, 게올드를 중심으로 한 몇몇이 자신들의 신뢰 회복과 이미지 쇄신에 대한 계획을 논의하였다.

그 대표적인 것들이 앞으로 있을 2차, 3차 모집에 응하는 술사들에 대해선 현재 인원들이 한 명씩 전담으로 붙어 문제 행동을 하는지 감시를 하자는 내용이었다.

자신들 조직에서 아델린과 같은 만행을 저지르는 자가 나오지 않게 하자는 의지였다.

그런 게올드의 의견에 다른 술사들은 세 가지 부류로 나뉘었는데, 적극적으로 동조하는 인원, 소극적인 동조 인원, 그리고 부정적 시각의 인원이었다.

"그러면 현재 진행되는 정밀 감청에 대한 것은 중단토록 하겠소."

정밀 감청이 중단된다고 해서 일반 감청까지 중단되는 것은 아니다.

주요 시설에 대한 감청은 상시적으로 진행될 것이다.

그것은 비단 골렘술사 숙소뿐 아니라 여타 다른 외지인의 유동이 있는 지역엔 모두 해당된다.

"예, 영주님. 이 감청 결과를 토대로 인원을 선별 관리하도록 하겠습니다."

"좋소. 차별하지 말 것이며, 그들의 충성심 또한 같은 시선으로 판단하시오."

"예, 하면 다음 모집은 어찌하겠습니까?"

이번 1차 모집에 벤자르의 모든 골렘술사들이 응한 것은 아니다.

그리고 집 오브를 사용하는 데는 반드시 골렘술사일 필요도 없다.

벤자르엔 1, 2 서클의 저단계 마나 유저가 아직 많이 남아 있는 상태고 바르테온은 여전히 인력이 부족하다.

"아직은 이르오. 벤자르에 술사단에 대한 소식이 충분히 전해진 다음에 진행하는 게 나을 것이오."

"그 말씀 옳습니다. 술사들이 좋은 대우를 받고 있다는 사실이 충분히 퍼지면 비교적 우수한 인원들이 공고에 응할 것입니다."

"영주님, 이렇게 해 보심은 어떻습니까?"

"휴슬레 경, 의견이 있소?"

"기존의 술사들을 벤자르로 보내 골렘술사를 모집해 오도록 하는 것입니다."

"오-. 그것 좋군. 영주님, 휴슬레 경의 말대로 하면 바르테온에서 벤자리안들이 차별받지 않는다는 사실도 더 빨리 전파되겠습니다. 좋은 계획이라고 생각합니다."

꼭 모집을 해 오지 못해도, 단지 그들이 좋은 모습으로 고향을 다녀가는 것만으로도 충분히 큰 홍보 효과를 가지게 될 것이다.

그리고 충성 맹세를 한 술사들 중에는 아직 벤자르에 가족이 남아 있는 이들도 있었다.

이번 정밀 감청의 내용 중에도 벤자르에 있는 가족들을 하루빨리 불러와야 하는 게 아니냐는 말들도 상당수였다.

"좋은 의견이오. 가족 이민을 생각하는 인원들을 우선하

여 선발하여 보내시오. 이 건은 발의한 휴슬레 경이 진행
하시오. 가족 이민자들에 대한 지원은 사사레 경과 상의하
시오."

"예, 영주님. 하면 이 건에 관련하여 한 가지 더 건의드려
도 되겠습니까?"

"허락하오."

"벤자르로 파견되는 인원들에 대한 정밀 감청을 실시하고
싶습니다."

"이유가 합당하오?"

"바르테온에서 마음과 벤자르에서의 마음이 다를 것이기
때문입니다. 그리고 낙원단이 접근할 가능성이 아주 높습
니다. 필히 정밀 감청을 해야 한다고 생각합니다."

무작정 의심하는 게 아닌 타당한 이유였다.

"알겠소. 허락하오."

"예. 하면 이대로 진행하겠습니다."

셋은 그렇게 물러갔다.

카일은 이것으로 1차 골렘술사단 모집에 대한 건을 완료
지었다.

✦

"비슈, 오늘은 여기까지 하자."

카일은 작업 종료를 말하며 남은 오브를 전부 갈무리했다. 오브를 남겨 두면 비슈가 일을 멈추지 않는다.

"저 아직 괜찮은데요. 더 할 수 있어요."

비슈는 매번 하는 소리를 질리지 않고 반복했다.

"괜찮은 게 아니라 힘이 남아돌 정도까지 회복해 줘야 한다니까."

그래서 카일도 매번 하는 소리를 똑같이 반복했다.

"주택 보급이 제자리를 잡고 나면 그 이후엔 교량 건설로 들어가야 해. 주택보다 큰일이라 힘 많이 들어갈 거라고 몇 번을 말해."

"그래도 지금 괜찮은데……."

"됐다. 쉬어라. 명령이야."

카일은 짧게 일축하곤 비슈의 방을 나왔다.

이렇게 해도 펜과 종이는 남아 있으니 연구는 그대로 진행할 것이다.

따지자면 명령을 어기는 거다만, 그걸로 뭐라고 하면 이 정도도 안 하면 잠이 안 온다고 울상이라 그냥 넘어가 주는 편이다.

비슈가 너무 무리해서 건강이 걱정인 탓에 적당히 과업을 조절시켜 주는 목적인지라 몸만 안 상하면 크게 혼낼 것도 없긴 하다.

"영주님, 휴슬레 경께서 보고를 위해 대기 중이십니다."

대기 중이던 시론이 말했다. 오브 제작 중일 때는 큰일 아닌 이상 방해하지 말라 해 뒀던 참이었다.

"집무실에 있나?"

"예."

"일과 끝났는데 야근시키게 생겼군."

카일은 넓은 보폭으로 집무실로 내려갔다.

휴슬레는 일전에 논의한 술사단의 벤자르 파견에 대한 건을 보고했다.

"위험성과 돌발 상황에 대한 실전 경험이 전무한 터라, 우선 3군 인원으로 1차 휴가자들을 추렸습니다."

3군 인원들은 술사단 내에서 감시 인력을 구성하자는 의견에 대해서 부정적인 태도를 보인 자들이다.

실상 중요도가 가장 떨어지는 부류로 분류된 인원들이다.

"정보단은 충분한 준비가 되었소? 아무리 평상복으로 위장을 한다고 해도 생김새로 구분이 될 것이오."

"해서 눈에 띄지 않는 인상을 가진 인원을 우선 추렸습니다. 그리고 휴가자의 수가 많지 않아 다수의 인원을 투입해야 하는 상황은 아닙니다."

"알겠소. 이대로 진행합시다. 단, 투입되는 정보단원들에겐 임무 완수보다 복귀를 우선하라 하시오. 나의 소중한 기사가 타지에서 홀로 죽는 것은 보고 싶지 않소."

"예, 알겠습니다. 미복귀가 임무 실패보다 더 큰 불명예라 확실히 주지시키겠습니다."

"그럼 그대로 진행하시오."

휴슬레가 나가고 카일은 총독관으로 보내는 공문을 작성했다.

이번 모집 공고에 응한 골렘술사들이 충성 맹세를 하고 술사단으로 편제되었다는 사실 전달과 그 첫 번째 휴가자들이 근 시일 내에 벤자르로 향할 것이니 편의를 잘 봐 주라는 내용이었다.

그리고 또 한 장의 공문은 벤자르의 토목건축 관련 기술공들을 모집한다는 모집 공고를 내라는 내용이었다.

골렘술사들이 잘 정착했다는 소문이 퍼지면 기술공들도 바르테온행의 두려움을 조금은 덜어 낼 수 있을 테니 지금이 공고를 내기 적합한 때란 판단이다.

그 후엔 밀린 보고서를 확인했다.

바르테온에서 숄의 선박 정기 운행이 자리 잡혔다는 보고와 겸해 통신 라인이 구축되었다는 보고들이었고 다른 것은 홉스에게 온 것들이었다.

얼마의 물자를 보냈고 며칠까지 추가로 얼마나 더 가능한지에 대한 세세한 보고들이었다.

카일은 그것들을 주르륵 확인하고 넘기는 것으로 일과를 모두 끝냈다.

카일은 기지개를 켜며 창문 밖을 보았다.

해가 떨어진 연무장엔 화롯불이 오르지 않았다.

야간 훈련을 하지 않기 때문이다.

야간 훈련은 전쟁이 발발한 그 시점부터 중단되었고 전쟁이 끝난 지금도 진행되지 않고 있다.

전후 복구에 바쁘기도 했고 이리 저리 파견 인원들이 많아서 예전 그 구색이 나오지 않는다는 이유다.

물론 가장 큰 이유는 전쟁이 끝난 탓이다.

일과는 일과대로 진행하면서 병행한 야간 훈련이 그리도 각광받았던 것은 12세대 주역들의 강렬한 복수 의지 때문이었다.

지금은 그 복수가 성공한 상황이라 전과 같은 열망을 기대하긴 어렵다.

이런 복합적인 이유로 카일도 야간 훈련을 고집하지 않고 있었다.

그렇다고 해서 이 시간을 아무것도 안 하고 보내는 것은 아니다.

카일은 개인적인 훈련을 했다. 마나 운용에 대한 훈련이다.

이번에 초인지 분석을 창안하면서 터득한 자신만의 마나 운용술을 완벽히 체계화하는 작업을 진행 중이다.

그리고 이것을 토대로 이전부터 계획했던 민간 배포를 위한 마나 양생술의 개발도 병행하고 있다.

이번 별낙원에서 얻은 마나 수련법까지 더한다면 유의미한 성과를 낼 수 있다.

"문제는 개발보다 배포 시점이겠지."

카일은 처음 야간 훈련을 시작했을 때, 그때 행정관들의 훈련을 봐주면서부터 이런 새로운 마나 운용술에 대한 고민을 했었다.

그 당시 행정관들은 규약적으로 무력을 가질 수 없기에, 마나 운용술 또한 아주 미미한 수준이었다.

1서클들이 대부분이었고 0서클 마나홀을 가진 행정관들도 적지 않았다.

그때 그들을 가르치며 카일이 염두에 둔 것은 하나로 통합된 마나 운용술이었다.

누군가가 독점하지 않고 모든 이들이 배울 수 있는 범용적인 마나 운용술 말이다. 하지만 그것은 너무도 위험하고 급진적인 생각인 게 사실이었다.

지금의 귀족들, 기사들이 특별할 수 있는 것은 마나를 다루어 인간의 범주를 넘어서는 물리력을 행사할 수 있다는 점때문이다.

카일이 마나 운용술을 민간으로 배포한다는 것은 기존까지 이어졌던 신분제를 허물어뜨리겠다는 것과 같은 의미였다.

카일도 그것을 너무도 잘 알기에 다른 여러 가지 생각들을 공유하면서도 그것만큼은 논의하려 하지 않았다.

하지만 영지의 총량적인 전력의 개념에서 본다면 반드시 행해야만 하는 정책이었다.

목표를 높게 잡을 것도 없다.

모든 영지민들이 1서클이 된다고만 쳐도 다른 그 어떠한 영지보다 압도적인 우위를 가지게 된다.

인구의 무력이 올라가니 전투력이 상승하는 것은 말할 것도 없고, 신체 능력이 상승하는 것이니 인구당 생산성 또한 상승하고 보건 의료의 개념에서도 큰 효과를 볼 수 있다.

"조금 더 무르익어야 하나? 안 그래도 벤자리안들을 우대하면서 내심 서운하기도 할 건데."

논공행상을 뒤로 미뤘다. 전쟁은 끝났지만 축배를 들게 하지 않은 것이다.

그리고 그 와중 적대관계인 벤자리안들을 중용하고 있다.

카일은 더 큰 번영을 위한 의도로 행한 것이지만, 이러거나 저러거나 그냥 벤자리안들을 용납할 수 없는 이들도 있다.

그들을 명령으로 억제할 순 있지만 지금 당장 마음으로 인정하게 할 순 없다.

그래서 배포 시기가 조심스럽다.

하지만 분명 물꼬는 트였다고 생각한다.

그것은 아이러니하게도 벤자르와의 전쟁과 별낙원 때문이

었다.

벤자르의 수련원은 평민들도 얼마든지 마나 유저가 될 수 있다는 증거였고 그 효과는 이번 전쟁에서 기사들이 직접 경험했다.

그 누구도 일반 영지민의 가능성과 효용성을 무시할 수 없다.

만성적인 인력난인 현 상태도 귀족들의 반발을 어느 정도 희석시켜 줄 거다.

당장은 조심스럽지만 적당한 계기만 생기면 바로 공식적으로 민간 마나 운용술을 배포시킬 만하다.

그러기 위해선 미리 준비가 되어 있어야 한다.

사안이 사안인 만큼 아무도 반론을 제기할 수 없는 완벽한 준비여야 한다.

카일은 그렇게 새로운 미래를 위한 준비를 하며 밤을 맞이했다.

❋

지난 며칠간 각종 오브 생산과 마나 양생술 정립에 집중하느라 외부 시찰을 나가지 않았다.

지금쯤 한 번은 나가야 할 때다.

"영주님, 준비되었습니다."

"나가자."

다리는 아직도 제대로 복귀된 게 없이 장간교만 있는 상태다.

일단은 주택을 보급하는 게 급했던 탓에 모든 물자와 노동력을 전부 주택 복구에 쏟아부었다.

그리고 겨울이라 수위가 낮고 강물도 잔잔하여 장간교만 해도 활용하는 데는 크게 무리가 없었다.

강을 건넌 카일은 페르만을 찾았다.

"영주님, 간만에 현장에 나오셨습니다."

"술사단이 기틀이 잡혔으니 다른 일을 조금 봤지. 어때? 잘되어 가나."

"술사님들이 아주 적극적으로 일을 해 주셔서 빠르게 진행되고 있습니다. 솔직히 말도 안 되는 속도입니다. 하루 차이로 거리의 풍경이 바뀌는 수준입니다. 그야말로 마법입니다, 마법."

페르만은 양손 엄지를 치켜세웠다.

평생 건축관으로 살아온 그가 골렘 건축술에 놀라는 것은 당연하다.

하지만 감탄은 조금 별개의 문제다.

어느 건축관들은 이제 자신들의 일거리가 죄다 사라져 버릴 거라고 한탄을 하기도 했으니 말이다.

그런데 페르만은 그런 생각을 하지 않고 오히려 골렘술사

들의 건축 과정 사이사이, 숙련된 목수와 석수 들이 들어가
할 일들을 파악했다.

그것을 통해 골렘 건축술의 완성도를 더욱 끌어올린 것
이다.

이러니 수장의 자리를 주지 않을 수가 없다.

"귀관이 가운데서 잘 조율한 덕이라 생각해."

"과찬이십니다. 겨우 할 일 찾아서 한 것뿐입니다."

"건축공들과 술사들과의 관계는 어때?"

"데면데면하기도 하고 좋기도 하고, 나쁘기도 하고 그렇
습니다. 기사님들과 일꾼들과의 관계와 비슷하달까요?"

"그거야 대인 관계적인 부분이니까 별수 없긴 하지. 충돌
이 나지 않게 미리 미리 조율하도록 하고."

"충돌이랄 게 있겠습니까. 저희들이 술사님들께 맞춰야지
요."

"구태여 숙이게 하지 말란 거야. 여기 일하는 사람들 중에
골렘 건축에 대해서 불만이 있는 사람들도 많을 거 아니야."

"그거야 옹졸한 놈들이 하는 말이지요. 이럴 때일수록 기
술 열심히 닦아서 알짜배기로 자리 잡을 생각을 해야지요."

"모두가 당신 같으면 좋겠지만, 그런 건 아니니까. 그리고
나는 그렇지 않은 사람들까지 전부 아울러야 하는 영주이고.
무슨 말인지 알잖아. 챙겨 줄 수 있으면 좀 챙겨 줘. 나는 술
사들이고 건축관, 일꾼들이고 전부 열심히 일하는 내 사람들

이야."

"아이쿠, 예, 예, 영주님. 아무렴요. 영주님의 너른 아량이야 제가 단단히 받아서 바르게 전달하겠습니다요."

"다른 건의 사항 같은 것은 없나? 일하는 것이든, 뭐든."

"그런 것이라면 한 가지 있습니다."

"편히 말하게."

"조만간 자재 수급에 차질이 생길 것 같습니다."

"로살롯에서 보낸 물자가 도착하지 않았어?"

"도착이야 다 했습니다. 때맞춰 아주 잘 도착하지요. 그런데 숙사님들이 일이 손에 익은 다음부터 줄어드는 자재의 양이 눈에 보일 정도입니다."

"알겠다. 그 부분은 감안하지. 다른 건 없나?"

"그것 말고는 없습니다."

"그럼 수고하게."

건설 자재의 공급이 원활하게 이루어지지 않고 있다.

이건 다리를 놓을 석재를 생각하면 더 신경 써야 할 일이다.

수입량을 늘리든가 자체 생산량을 늘려야 한다.

당장 수입량은 늘리는 것은 돈을 떠나 운송의 영역에 있어서 쉽지 않다.

그리고 이미 홉스가 최선을 다하고 있는 중이다.

우선은 영지 내 자체 생산에 대한 부분을 점검하기로

했다.

카일은 우선 벽돌 공장을 살피기로 했다.

"아―. 영주님, 행차하셨습니다. 어인 일로 공장까지 오셨습니까?"

벽돌 공장에 사일론이 있었다.

"경은 어쩐 일이오?"

"공사에 쓸 벽돌이 잘 구워지고 있나 보러 왔습니다."

"나도 주택 건설 현장에서 자재 수급에 차질이 있을 것 같다 하여 확인차 나왔소. 공사는 잘되어 가고 있소?"

"제가 괜한 고집을 피워서……. 이거 참 면목이 없습니다."

사일론은 머쓱함을 드러내며 말했다.

그가 피운 고집은 수문 성벽 건설에 골렘술사를 지원받지 않겠다는 것이었다.

표면적인 이유야 당장 민간 가옥을 건설하는 것이 더 급하고 수문 성벽이 완성되지 못한다고 해서 배가 못 다니는 게 아니라는 것이었다.

하지만 그 마음속 깊은 곳에 남아 있는 이유를 끄집어내 보면 자신이 시작한 수문 공사를 자신의 힘으로 끝내고 싶다는 욕심도 없지 않았다.

카일은 그의 말대로 당장 수문 성벽이 급한 것이 아니기에 그의 욕심을 용인해 줬다.

"그렇지 않소. 공사 속도가 전에 비해 많이 올라간 것을 알고 있소."

"알아봐 주심에 감사드립니다. 하온데, 현장 자재 수급에 어려움이 크십니까? 로살롯에서 물자를 많이 대 주는 것으로 알고 있는데요."

"술사단에서 다들 의욕적으로 과업에 임하는 덕에 공급이 따라가지 못하는 실정이오."

"그렇다면 성벽 건축에 들어가는 벽돌을 우선 쓰시지요. 당장 영지민들의 주택 공급이 더욱 급하지 않습니까."

"당장의 벽돌로 될 문제가 아니오."

"하면 더 무엇이 필요하십니까? 그것이 제가 가지고 있는 것이라면 아낌없이 내놓겠습니다."

이걸 바라고 찾아온 것은 아니지만 마침 원하는 답이었다.

"가문의 벽돌공을 내줄 수 있겠소?"

카일은 일찍이 가문의 대장장이들을 10단의 이름으로 걸어 간 적이 있다.

그때는 대장장이의 적을 옮긴 것이 뭐 그리 대수겠냐 했는데, 시일이 지나고 보니 대수이긴 했다.

마음대로 불러들이지 못하고 편하게 주문을 넣어 순서에 상관없이 물건을 당겨 받지도 못한다.

가문 전속의 개념이 사라져 버린 것이다.

물론 그들에 대한 보수는 영지에서 나간다. 하지만 귀족들은 돈보다도 영향력을 중시한다.

돈에 상관없이 자신의 영향력이 공고한 채로 유지되는 것을 원하는 경향이 훨씬 크다.

대장장이에서 재단사에 이어 벽돌공까지.

이렇게 가솔들이 줄줄이 빠져나가다 보면 나중에는 가문이라는 기둥만 남고 창이고 문이고 죄다 뜯겨 나가는 게 아닐까 하는 생각이 문득 들었다.

그렇다. 그저 문득 그런 생각이 든 것일 뿐이다.

"얼마든지 내드리겠습니다."

사일론은 순간 든 생각을 흩어 버리고 그러겠다 답했다.

그것은 처세의 영역이 아니었다. 충심의 영역이다.

이미 전쟁 통에 목숨마저도 내드리려 했었다.

충성하여 따르는 영주가 영지를 위해서 좀 쓰겠다는데, 그것 못 내줄 것 무엇인가.

"혹 따로 요구되는 조건이 있으신지요?"

"그저 벽돌을 잘 만드는 것만으로는 부족하오. 새로운 벽돌을 연구하고 개발할 수 있는 창의력을 가진 인물이 필요하오."

"그런 이들이라면 과거 볼트가의 일을 보았던 이들이 제법 재주가 있을 것입니다. 지금은 제가 밑에 두고 있긴 한데, 혹여 그 이력이 불편하시다면 다른 인물로 발탁하겠습니다."

"불편할 것 없소."

"그러면 바로 불러 드리겠습니다. 이 가마터에 있을 것입니다."

사일론은 바로 가마장 사솔롬을 불렀다.

"안녕하십니까. 저는 게드앙 가문에 붙임으로 일하고 있는 사솔롬이라고 합니다. 영주님을 뵙게 되어 영광입니다."

사솔롬은 붉게 익은 얼굴로 인사했다.

한겨울임에도 그의 얼굴은 땀에 젖어 있었다.

"뛰어난 벽돌공이라 들었네. 과거 볼트 일파의 저택에 들어간 벽돌도 그대의 손으로 만든 것이라지?"

"아이고, 죄송합니다."

사솔롬이 깜짝 놀라 넙죽 절을 했다.

"다 지나간 것을 이제 와 문책하려는 게 아니니 그럴 것 없네. 어서 일어나게."

카이은 직접 사솔롬을 일으켰다.

그 손길에 사솔롬은 역시 듣던 대로 자애로운 영주님이구나 하였다.

"자네의 재주를 빌리고 싶어서 말이지. 내가 원하는 대로 작업해 줄 수 있겠나?"

"저는 그저 불 보는 재주 조금 가지고 있을 뿐입니다. 저 따위가 높으신 영주님께 도움이 되는지요?"

벽돌은 흙 반죽을 구워서 만든다.

비율이야 한 번 알면 틀릴 일 없는 것이고 반죽 치대는 것이야 힘이 들 뿐 어려운 것은 아니다.

벽돌 제작의 진짜 기술은 불을 보는 가마다.

벽돌은 그 특성상 한 번에 수천 장을 굽는다. 해서 도자기처럼 가마가 만들어져 있는 게 아니라, 벽돌 반죽 자체를 불길을 내어 쌓은 다음 흙으로 마감을 쳐서 그 자체로 가마로 삼는다.

즉슨, 벽돌을 한 번 구울 때마다 매번 새로운 가마를 만들어야 하는 것이다.

그때마다 불이 잘 돌도록 가마를 총괄하고 벽돌이 구워지는 시간 동안 가마의 온도와 불길을 관리하는 것이 가마장이다.

주변을 두루 살피는 넓은 시야는 물론이고 사람을 다루는 용인술과 오랜 시간 뜨거운 가마 위에서 불을 살피는 집중력과 인내 또한 가지고 있어야 한다.

"가마장의 능력이면 충분하네. 그리고 새로운 벽돌을 개발할 정도의 기술력까지 가지고 있으면 더할 나위 없지."

"저희 가마꾼들은 맨날 하는 말이 설치지 말라는 소리 입니다."

한 번에 수천 장의 벽돌을 굽는다. 제대로 알지 못하고 나섰다가 일이 망쳐지면 그 수천 장의 벽돌을 다 버려야 하는 경우도 생긴다.

모르면 설치지 마라. 제발 모르면 설치지 마라.

그것이 가마장들이 후임 가마꾼들에게 입이 닳도록 하는 말이다.

"귀에 인이 박히도록 들은 말이고 입이 부르트도록 하는 말이 그것입니다. 그저 영주님께서 시키신 대로 하는 것이면 설치지 않고 시킨 대로 열심히 하겠습니다."

볼트 저택을 만든 적벽돌을 개발한 인물이 탐구심과 창의력이 없을 리가 없다.

그저 겸손한 것이다. 아니면 큰 책임을 떠안는 것이 부담스러워 그런 것일 수도 있다.

어찌 되었든 신중한 태도는 환영할 만하다.

당장 세상에 다시없을 휘황찬란한 벽돌을 만드는 게 아니라 지시대로 생산 효율을 높이는 것이 주목적이기 때문이다.

"그런 마음가짐이면 충분하네. 그러면 함께 둘러보자고."

카일은 사솔롬과 함께 가마 공장을 살폈다.

안 그래도 영지 내의 벽돌 수요가 많아서 최대 생산량을 넘겨서까지 생산을 하는 중이었다.

그 덕에 벽돌이 만들어지는 모든 과정을 두루 살필 수 있었다.

카일은 전 과정에 걸쳐서 생산 효율을 높일 수 있는 것들을 파악했다.

당장 지시할 수 있는 것은 반죽 비율과 벽돌을 구울 때 효율이 좋은 불고래를 만드는 구조를 알려 주는 것이었다.

"비율과 불고래를 바꾸는 것으로 벽돌 굽는 시간이 2할 정도 단축될 것이네. 한번 시험해 보고 그대로 된다면 널리 배포하도록 하게."

"예, 영주님. 지금 바로 지시하신 대로 벽돌을 만들어 보겠습니다."

"그리고 조만간 반죽 치대는 기계를 만들어서 보급해 주겠네. 반죽이라도 좀 수월하게 하면 그만큼 인력이 남을 것이니 그때 생산량을 더 늘리도록 하게."

"예, 영주님."

"앞으로 벽돌은 계속 들어갈 것이니 터는 미리 닦아 놓도록 하고."

가마터에서의 볼일은 끝낸 카일은 관저로 돌아가는 길에 잭에게 들렀다.

카일은 그 자리에서 벽돌 반죽기의 설계도를 그렸다.

이렇다 할 기계 장치가 들어가는 복잡한 구조는 아니다.

커다란 반죽기에 몇 개의 톱니를 연결하여 말의 힘으로 반죽 날을 돌릴 수 있도록 한 것이다.

"무쇠 그릇의 크기가 좀 큰데, 어때? 만들 만하겠어?"

"통짜로 찍어야 되는 겁니까요?"

"굳이 그럴 필요까진 없다."

"그러면 문제없습니다."

"얼마나 걸리겠어?"

"건축관들에게 가는 장비는 잠깐 미뤄 놓고 해도 됩니까?"

"그건 어느 정도 보급됐잖아. 지금은 이게 급하다."

"작정하고 하면 내일 밤까지 만들 수 있을 겁니다. 그런데 몇 개나 만들어야 합니까?"

"우선 열 개 정도."

"그릇 크기가 워낙 커서 쇠가 많이 들어가야 합니다."

"모자라?"

"당장 모자란 건 아니지만서도 열 개만 만들고 말 것 아니지 않습니까. 다른 것들도 만들어야 하고요."

"사사레 경에게 보고 올리도록 해. 우선 처리해 주라 언질 해 주마."

"예. 그럼 만들어서 가마터로 보내면 됩니까?"

"가마터의 사솔롬에게 보내면 된다."

"예, 알겠습니다."

잭이 빈 모루를 깡깡 때렸다. 대장장이들을 소집하는 소리다.

이제 내일 저녁이면 반죽기가 만들어져 나올 거다.

현장 시찰을 끝낸 카일은 집무실로 이동했다.

오늘 조율한 생산력 효율 증가 수치를 계산하고 있을 때 사사레가 찾아왔다.

"영주님, 대장간에서 공업부를 거치지 않고 저에게 바로 협조 요청이 온 것이 있어 의견을 여쭙고자 찾아 왔습니다."

"안 그래도 언질 넣으려던 참이었는데, 미리 연락이 갔나 보오."

카일은 사사레에게 일련의 과정에 대한 설명을 해 줬다.

"자금이 부족하오?"

"이번 전쟁에서 노획한 물자가 있어서 재화가 부족하진 않습니다. 다만 그 재화를 철괴로 바꾸는 작업은 해야 할 듯합니다."

"그에 대한 것이라면 굳이 먼 길 돌아갈 것 없소. 로살롯 영주가 지금 욜트에서 거래를 텄을 것이니 비교적 수월히 유통이 가능할 것이오. 우선 있는 것을 먼저 배분하여 활용하시오."

"예. 하면, 철괴 수급에 대해서는 제가 따로 일을 진행하지 않겠습니다."

"그러시오."

대화가 끝났음에도 사사레는 물러가지 않았다.

"질문 있소?"

"예. 허락해 주신다면 한 가지 질문 올려도 되겠습니까?"

"물론이오."

"제가 객에게 보고받은 바로는 반죽기가 우선 열 대라고 하였습니다. 그러면 열 대 이상의 생산 계획을 가지신 것입니까?

"그렇소. 30대 정도 생각하고 있소. 그 정도면 바르테온 영역 내의 벽돌 생산지엔 전부 공급할 수 있을 것이오."

"우선 말씀드리건대, 제가 감안할 수 있는 것을 영주님께서 감안하지 못할 리가 없다고 생각합니다. 벽돌 생산력을 그리 끌어올려 두면 전후 복구 특수가 끝난 이후에 문제가 되지 않을지요? 그 이후에 대한 의중이 있으십니까?"

"좋은 질문이오."

정말 좋은 질문이었다. 요즘은 이리저리 바빠서 정무회의를 진행하지 않았다.

딱히 정무관들을 붙잡아 두고 청사진을 그려 준 적이 없다는 소리다.

그런데 이렇게 먼저 찾아와서 큰 그림에 대한 의견을 물으니 알아서들 잘하고 있다는 마음에 속이 편하다.

"전후 복구가 끝난 후에도 건설은 계속해서 늘어날 것이오. 전쟁이 없었더라도 북남 신규 농경지 개간만 하더라도 상당한 건축 인력이 투입되는 일이었소."

"하오나 이번 골렘 건축술로 건설 공기를 혁신적으로 단축시켰지 않습니까. 그 때문에 순간적인 필요 물자가 많아져 당장의 자재 수급에 차질이 있지만 또 그만큼 목표한 건축을 빨리 끝내는 것이지 않겠습니까?"

"사람이 모이면 경제가 살아나고 경제가 살면 풍요가 일어나는 법이오. 그리고 풍요로운 땅에는 사람이 모이는 법이오. 경이 한번 생각해 보시오. 우리 바르테온에 뭐 하나 빠지는 게 있소?"

"없습니다. 영주님께서 모든 것을 준비해 두셨습니다."

"우리의 걸림돌이었던 전쟁 또한 승리로 끝났소. 내년은 많은 것이 변할 것이오. 그때 가서 주택을 공급하면 늦소. 미리 충분한 공급을 해 놔야 사람들이 더 편히 찾아오는 것이오."

"하면 영주님께선 전쟁 복구 그 이상의 규모로 주택 건설을 염두에 두셨다 생각하면 되겠습니까?"

"총량을 따지면 새로운 도시를 건설하는 규모가 될 것이니 잉여 생산을 걱정하진 않아도 되오."

"예. 하온데 영주님의 계획대로 된다 하면, 저는 지금부터 행정 인력을 더 많이 양성해야 할 듯합니다."

"바로 보았소. 지금부터 차근히 준비하시오."

"예, 영주님. 장기 과업으로 삼아 진행하겠습니다."

궁금증을 해소한 사사레가 읍하고 물러났다.

"이렇게 손발이 맞으니 얼마나 좋아."

반죽기가 충분히 보급되면 30%가량의 생산 효율 증대를 기대할 수 있다.

하지만 그것으로 만족해선 안 된다.

벤자르에서 골렘술사들을 더 모집할 것이고 그에 맞춰 여러 기능공들도 모집할 계획이다.

건축 생산력은 더 늘어날 것이다.

그렇게 되면 지금의 효율 증대분을 반영한 건축자재 공급 능력도 그 수요를 따라가지 못한다.

"가용할 수 있는 모든 것을 가용해야 한다. 굳이 바르테온으로 그 영역을 국한시킬 필요가 없어."

카일은 지금까지 다양한 건설 작업에 직접 손을 거들었다.

건축 공법이라든가, 자재, 원료에 대한 것은 이론뿐 아니라 실기에 있어도 놓치는 것이 없다.

나무, 흙, 돌, 벽돌 등등의 모든 건축자재를 두루 다루어 보았고 현장에서 어떤 식으로 활용되고, 그 자재들이 어떻게 수급되는지도 모두 알고 있다.

바르테온 내에서 할 수 있는 것으론 모든 것을 다했다.

이 이상은 그 영역 밖으로 나가야 한다.

카일은 자신이 적어 둔 단어를 펜으로 톡톡 두들겼다.

아주 유용한 건축자재이지만 바르테온에선 쓰이지 않는 것.

바로 콘크리트였다.

현대 공법에서 쓰이는 시멘트나 철근콘크리트를 원하는 게 아니다.

원시적인 콘크리트만 해도 충분하다.

그런 원시적 콘크리트는 이미 존재한다.

석회석을 가루 내어 물에 개어 사용하는 마감 재료인 회반죽이 그것이다.

그 회반죽에 화산재를 더하면 모르타르가 되고 그것에 자갈을 넣어 굳히면 콘크리트가 된다.

고층 빌딩을 올릴 것도 아니니 철근을 심을 필요는 없다.

물론 콘크리트 건물이 공정상 가지는 단점은 존재한다.

거푸집을 활용해야 한다는 것이다.

먼저 기둥과 벽과 같은 모양이 나게 거푸집을 만들고 그 안에 콘크리트 반죽을 넣어 반죽이 굳어지면 거푸집을 떼어 내는 것이 기본적인 콘크리트 건설 방식이다.

액체 상태인 콘크리트 반죽을 주요 건축자재로 사용하면 지금의 골렘 건축술을 적용할 수 없다.

하지만 발상을 바꾸면 된다.

콘크리트 벽돌을 만드는 것이다.

그리하면 벽돌을 만들 때마다 가마를 새로 지을 필요가 없다.

만들어 둔 거푸집에 콘크리트 반죽을 넣기만 하면 알아서 굳어서 나온다.

눈알이 빠져라 불 조절을 할 필요가 없는 거다.

그리고 더 큰 장점은 벽돌과 달리 거푸집에 따라 그 형태를 자유롭게 조절할 수 있다는 거다.

벽 블록, 기둥 블록, 천장 블록, 이렇게 큰 덩어리로 만드는 것도 얼마든지 가능하다.

물론 이렇게 되면 운송의 문제가 생긴다.

이것은 두 가지로 해결할 수 있다.

블록 제작을 공사 현장 근처에서 하는 것과 골렘술을 통한 운송을 하는 방법이다.

이 계획대로만 된다면 콘크리트 블록 하나가 벽돌 수백 장의 역할을 대체하게 된다.

골렘술로 블록을 조립하면 되니 건축에도 문제가 없다.

조립의 안정성에 대해서는 블록의 디자인을 끼워 맞추기가 가능하도록 구성하면 된다.

맞물린 자리에 추가 고정을 하는 것만 해도 이렇다 할 큰 자연재해가 없는 바르테온에서는 수십 년은 너끈할 거다.

답은 나왔다.

이제 원자재를 수급의 차례다.

바르테온에는 석회가 나지 않는다.

홉스를 통해서 수급하면 된다.

자갈과 바위야 지천에 깔려 있다.

골라내는 것이 품이 많이 드는 일인데, 그것도 골렘술사를 투입하면 쉽게 해결 가능하다.

화산재도 어렵지 않게 구할 수 있다.

루카시스산맥 자체가 화산 활동이 있었던 산이고 그것은 바르테온산맥이라고 해도 다르지 않다.

산악 진지의 광산을 개발하기 위해서 지질 분석을 하면서 본 것이다.

바르테온 산맥의 표면을 조금만 긁어내면 화산재 층이 나온다.

굳이 산꼭대기까지 올라갈 필요도 없다.

바르테온산에서만 구하려고 해도 구할 수 있다.

그러니까 안방에 있다는 소리다.

반죽을 할 때도 온천수를 쓰면 그만이다.

온천수에 철분과 석회 성분이 있다. 물보다 격렬한 화학반응을 일으킬 것이다.

"콘크리트 블록과 골렘 건축술을 더하면 변혁에 변혁을 얹는 그림이 나오겠어."

카일은 몇 개의 동그라미를 친 단어들을 이글루 박스에 정리해 넣었다.

다음 순서는 실행이다.

✺

"영주님, 안녕하십니까."

홉스는 보람찬 얼굴로 카일을 대면했다.

홉스에게 연락을 한 것이 이틀 전이다.

홉스는 그 즉시 석회를 수매하여 바르테온으로 보냈고 그 첫 번째 선박이 도착한 게 어제 자정쯤이었다.

"어서 오시오. 빠르게 처리해 주어 고맙소."

"그다지 어려운 것도 아니었습니다. 석회야 로살롯에 차고 넘칩니다."

홉스는 자못 거드름을 피우는 듯했다. 하지만 그것이 나름 머쓱해하는 표현임을 알고 있다.

"차 하겠소?"

"주시면 좋지요."

금방 정성껏 차린 다과가 준비되었다.

"물건만 보내면 될 것을 직접 걸음한 이유라도 있소?"

"겸사겸사 왔습니다."

홉스는 겸양이 없었다. 상관치 않는다.

"그럼 어떤 일들인지 다 들어 봅시다."

"물론 첫 번째는 큰 거래를 터 주신 영주님께 인사를 올리는 것이고요. 두 번째는 추가 수술을 받으러 온 것이고 세 번째는 온 김에 온천까지 좀 즐기고 싶어서 왔습니다."

카일은 빙긋이 웃었다.

처음 온천을 만들고 의사원은 만들 때 안으로는 영지민을 살피는 마음이었지만 밖으로는 바르테온의 융성을 바라는 마음이었다.

관광 자원으로 활용하기 아주 좋은 요소들이기 때문이다.

지금의 온천과 의사원을 잘 발전시키면 이렇다 할 즐길 만한 문화가 없는 바르테온이 죽기 전에 꼭 방문해야 할 루카시스의 명소가 될 수도 있는 거다.

"아주 알찬 목적들로 왔소."

"영주님께서 살펴 주신 덕입니다. 이렇게 면담을 받아 주신 김에 한 가지 청을 좀 드려도 되겠습니까?"

"말해 보시오."

"제가 아는 지인들에게도 바르테온식 치료술을 받을 수 있도록 소개장을 조금 써 주실 수 있으신가 해서 말입니다. 물론 공짜로 받겠다는 것은 아닙니다. 적당한 보수가 될지는 모르겠지만 그래도 다들 성의 표시는 의사들 기분 상하지 않게 양껏 준비했습니다."

떨떠름한 척을 한번 해 줘야 할까? 그러지 말자 싶다. 우위를 잡기 위해서 거래를 하는 것도 아니니 말이다.

"성의를 보인다 하니, 언질은 해 놓도록 하겠소."

"아하! 역시 화통하십니다. 성의의 크기도 가늠치 않으시고 이리 먼저 승낙을 해 주시다니."

홉스가 품에서 작은 가죽 주머니를 내었다.

열어 보니 엄지손톱만 한 원석들이 찰가락거리며 존재감을 뽐냈다.

"바르테온에도 나름대로 보석 가공 양식이 있을 듯하여 일부러 원석으로 준비하였습니다."

"나에게 성의 표시 할 것 없소. 이것은 고생하는 의사들에게 직접 건네주도록 하시오."

"아아―. 의사님들 것은 따로 또 있습니다. 소개장값인 셈치고 받아 주십시오. 제 마음입니다."

소개장을 써 준 값이라고 치기엔 너무 많다.

이정도 보석이면 사업권을 받을 정도의 가치다.

홉스가 셈을 모르는 자가 아닌데, 왜 이런 과한 웃돈을 얹어 줬을까 싶다.

"경의 마음이 얼마나 크기에 이만한 보석을 내놓은 것이오?"

"영영 다리 절면서 살 걸 영주님 덕에 너끈히 나았으니 이정도 성의 표현은 해야 하지 않습니까."

"그럼 나도 성의 표현을 해야겠지. 그래, 무엇을 원하시오?"

"갑자기 무슨 말씀이십니까?"

어투는 질문을 하는 어투인데 표정은 궁금증을 가진 표정이 아니다.

"상업에 능한 것을 알고 있소. 나 또한 상업에 둔하지 않으니 괜한 탐색 하지 말고 시원하게 저울질합시다. 원하는 걸 말해 보시오. 들어줄 수 있는 것은 들어줄 테니."

"제가 이거 굼벵이 앞에서 주름 잡았습니다."

홉스는 머쓱함에 뒷머리를 긁었다. 아니라는 말은 하지 않는 걸 보니 다른 목적이 있는 보석임이 맞았다.

"그래도 이게 일이란 게 절차란 게 있는데, 이렇게 얼렁뚱땅 건너뛰어도 되는 건가 모르겠습니다."

"함께 전장에선 전우이지 않소. 자잘한 친목 쌓기는 건너 뜁시다. 바쁘니 어서 말하시오. 용건이 없진 않는 것 같아 묻는 거요."

"그럼 염치 불고하고 단도직입적으로 말씀드리겠습니다. 사람 한 명 찾아 주시면 아주 감사하겠습니다."

카일은 내심 어떤 상업 품목에 대한 독점권 같은 것을 달라고 할 줄 알았다.

"이건 예상외군. 이만한 금액을 지불하면서 찾는 사람이라ー."

"마스터이신 영주님께 부탁을 드리는 것을 생각하면 부족하다고 생각합니다."

"알겠소. 그래, 누굴 찾아 주면 되오?"

"이름은 드완이고 남자입니다. 살아 있다면 지금 한 50 중반쯤 되지 않았을까 싶습니다."

"이유를 물어도 되겠소?"

"어흠. 음. 그러니까 그게. 음ー."

홉스는 주변을 의식했다. 카일은 손을 저어 주변을 물렸다.

그러곤 배틀메시지의 묘리로 파동을 펼쳤다. 홉스는 귀가 웅 울리는 느낌을 받았다.

"소리가 퍼지지 않을 것이니 편하게 말하시오. 단, 거짓말은 안 하는 게 좋을 거요."

"거래는 본래 신용이 생명입니다. 저 돈 오가는데 거짓말 하지 않습니다."

너스레를 떠는데 영 자세가 불편하다. 입을 열기가 어려운 눈치다.

"그러니 말하시오. 큰일을 맡긴 이의 말이니 경청하겠소."

카일은 선뜻 말하지 못하는 홉스를 위해 어조를 낮춰 분위기를 풀었다.

홉스는 한 번 더 눈치를 보더니 어렵게 입을 열었다.

"그러니까, 음. 어머니가 말해 준 이름입니다. 그 이름만 안다고…….'"

"아버지란 말이오?"

"예. 뭐, 그렇습니다. 얼굴은 한 번도 본 적이 없지만, 바르테온의 기사라고 들었습니다."

"그럼 어떻게 만났다거나, 추가적인 정보는 말해 준 게 있소?"

"만나기는 루바 아우라지 위쪽 쯤에서 물에 빠진 어머니를 구해 주셨다고 했고, 유독 키가 컸다고 하셨습니다. 제 어머니는 키가 아주 작았거든요. 그나마 그분 피가 있어서 네가 이렇게 큰 거라는 말을 많이 들었습니다."

"잠시 기다리시오. 지금 바로 찾아보겠소."

"지금요? 지금 바로 가능한 것입니까?"

"바르테온의 기사가 분명하다면 찾을 수 있소."

카일은 저장되어 있는 기사 연보에 주어진 정보를 넣어 검색했다.

총 세 개의 검색 결과가 나왔다.

그중에 둘이 드완이란 이름이었고 하나만 성으로서의 드완이었다.

셋 중 키가 큰 이는 한 명뿐이었다.

검색을 끝낸 카일은 책장에서 검색 결과의 내용을 포함하고 있는 연보의 페이지를 찾아 줬다.

"정보에 맞는 기사는 이 한 명이오."

"역시 영주님께 부탁드리길 잘했습니다. 모든 기사들의 충성 맹세를 받으시니 분명 금방 찾을 거라고 생각했습니다."

홉스는 웃는 낯으로 연보의 페이지를 쓸어내렸다.

겸양이 없다기보단 천진한 얼굴이었다.

"그럼 만나려거든 바로 만나 볼 수 있는 겁니까?"

"그건 애석하게 되었소."

그 한마디에 홉스의 설렘이 와장창 무너졌다.

"설마…… 죽었습니까?"

"그렇소. 임무 수행 중에 전사했소."

"1차 루카시스 전투에서요?"

"아니오. 그보다 한참 전이오."

"그렇군요. 뭐. 그럴 거라고 생각하긴 했습니다. 살아 있으면 한 번을 안 찾아왔겠나 싶었으니까요. 쩝. 그럼 뭐, 형제라도 있습니까? 기사였으니 처첩 여럿 두고 있었을지도 모를 일이고."

"그 또한 없소."

"없다니요? 자식이 없단 말씀입니까?"

"그렇소."

"어째서요?"

"결혼을 안 했기 때문이오."

"따로 결혼을 안 했다고요?"

"그렇소. 거기 보면 나와 있지 않소."

홉스는 얼른 연보의 내용을 읽었다.

한 줄 한 줄 읽을 때마다 그의 표정이 다채롭게 변했다.

그리고 마지막 표정은 어떠한 만족이었다.

"어디 연극에서나 나올 말을 했다 싶었는데, 그래도 거짓말은 안 했나 봅니다."

홉스는 어머니로부터 비록 꿈같은 며칠이나, 오직 당신만을 사랑하겠다는, 그런 말을 들었다고 전해 들었었다.

항상 믿지 않았었는데, 이렇게 그와 관련된 증거를 본 것 같아 마음이 좋았다.

"그런데 살았던 집은 한번 찾아가 봐도 되겠습니까?"

"경의 의지대로 하시오."

"감사합니다. 그럼 이만 일어나 보겠습니다. 이렇게 단번에 해결해 주셔서 감사합니다."

"잠시 있어 보시오."

카일은 검을 논할 때와 같은 손놀림으로 명예 수훈장을 작성했다.

그 수훈자의 이름은 홉스 뱅갈이었다.

"받으시오. 일찍이 당신에게 갔어야 할 물건이오."

"이건 기사 작위 아닙니까? 이렇게 아무렇게나 줘도 되는 것입니까?"

"아무렇게나 줬다고 생각하오?"

"바르테온의 기사는 긍지 높은 것 아닙니까. 저 같은 상단 밥 먹은 놈에게 줘도 되냐는 겁니다."

그의 따지는 듯한 말투에는 바르테온 기사에 대한 선망이 녹아 있었다.

그 선망은 얼굴 한 번 본 적 없는 아버지로부터 발원한 것일 테다.

"위기의 순간에 용기를 잃지 않으며, 타인을 구하기 위해 자신의 안녕을 배제할 수 있는 인물이라면 그 출신과 내력은 상관없소. 경이 이번 전쟁에서 보여 준 모습이었소."

"그, 그런 것입니까?"

"그리고 이는 그대의 아버지가 남긴 것이기도 하오."

카일이 다시 한번 수훈장을 권했다.

"무릎 꿇어야 합니까?"

홉스는 수훈장을 빤히 바라보다 물었다.

역시 겸양이 없는 이였다.

"됐소. 가서 일 보시오."

카일은 그 겸양 없는 이를 미소로 돌려보냈다.

4장

"영주님, 페르만 건축관으로부터 준비가 끝났다는 보고가 들어왔습니다."

카일은 석회를 대량 입수한 날 페르만에게 바로 콘트리트 블록 제작에 대한 지시를 내렸다.

지금 그 준비가 되었다는 보고다.

카일은 페르만을 찾았다. 현장에는 페르만과 사솔롬이 같이 있었다.

사솔롬도 이번 콘크리트 제작에 부지휘관의 역할로 함께 한다.

"영주님, 행차하셨습니까."

"그래, 준비는 잘되었소?"

"영주님께서 내려 주신 지시서대로 준비했습니다."

굳이 시행착오를 경험할 건 없다.

성분 분석을 통한 황금비율이라면 이미 값을 구해 놓았다.

그 비율에 맞게 재료를 섞었다.

재료를 반죽하는 데는 잭이 만든 벽돌 반죽기가 그대로 활용되었다.

당장 첫 시험을 하는 것이니 어려운 블록 모양을 준비하진 않았다.

직육면체 형태의 벽돌틀을 여러 크기로 구성했다.

완성된 반죽을 준비된 벽돌틀에 들이부었다.

"영주님께서 내린 지시 사항대로 모두 이행하였습니다. 이다음은 따로 할 게 없습니까?"

"온도를 신경 써야 하지만 일반 경화시엔 크게 신경 쓰지 않아도 된다. 다만 습기에는 신경을 써 줘야 하지. 비가 올 땐 작업을 피하고 물이 들어가지 않게 해야 한다."

바르테온식 콘크리트.

카일은 이것을 바르콘이라고 명명했다.

바르콘은 통상적인 콘크리트보다 75% 이상의 경화 속도를 가지고 있다.

지진이나 자연재해가 없기 때문에 높은 강도보다 경화 속도 개선에 목적을 두고 배합을 연구한 결과다.

통상적인 콘크리트의 경화 속도는 일반적으로 하루.

외부 형태를 유지하면서 진동이나 충격을 버티는 경화
까지는 12시간 정도가 필요하다.

그런데 카일이 개발한 바르콘은 완전 경질까지 평균 8시
간, 형태 유지를 위한 외부 경질까지 3시간이면 충분했다.

아침에 나와서 콘크리트를 부어 두면 오후에 작업이 가능
하단 거다.

물론 안전을 생각하면 심부 경질이 안 된 상태의 블록 위
에 과한 하중을 올리면 안 될 것이다.

이 부분은 작업 체계를 정비하여 충분히 보완할 수 있는
부분이다.

현 상태만으로도 기존의 콘크리트보다 월등한 우위를
가지고 있는데, 카일은 여기에 추가적인 특별한 공법을 더
했다.

"3시간가량 지나면 당장 쓸 수 있는 외부 경질까진 이루어
진다. 하지만 다룸에 있어서 조심스러워야 하고 과한 하중을
올릴 시 형태가 변형되거나 심한 경우 붕괴까지 올 수 있지.
하지만 작업이 급할 땐 그마저도 기다릴 수 없는 법."

카일은 아직 반죽이 찰랑거리는 거푸집에 손을 올렸다.

"다들 만져 봐라. 열이 올라 따뜻한 게 느껴질 것이다."

카일의 말에 주변인들이 거푸집 위에 손을 올렸다.

"정말 열이 느껴집니다!"

"따뜻한 게 대고만 있어도 언 손을 녹이는 정도는 되겠습

니다!"

"이거 좋습니다. 요놈 만지면서 손 녹이면 불 쬘 일도 없겠습니다. 하하하하."

일꾼들은 흥겹게 웃었다.

자신들 일하는데 영주님이 직접 와서 이렇게 신경 써 주고 같이 일을 해 주는 것을 어디 상상이나 할 법한 일인가.

정말 중요하고 대우받는 일을 한다는 느낌이라, 일선 일꾼들의 사기도 굉장히 높아져 있다.

그리고 영주님이 현장에 오면 그날 식사는 평소보다 배는 더 잘 나왔으니 그것도 좋은 일이었다.

"술사들도 만져 보라. 이 열이 나는 것이 경화가 이루어지고 있다는 증거다. 안에 섞인 각기 다른 재료들의 속성이 엮여 가는 중에 일어나는 반응이다. 열은 반응을 융성하게 하는 특성이 있다. 열을 더해 경화가 더 빨리 일어난다."

카일은 거푸집을 통해 바르콘 반죽에 마나를 투사했다.

"너무 높은 온도에서 경화가 진행되면 완성된 바르콘이 깨질 수 있다. 기본적인 요령은 기포가 올라오지 않게 하는 것이다. 이 점을 명심해야 한다."

지금 당장 온도계를 만들어 보급하고 일일이 온도를 재 가며 일을 하라 할 순 없다.

정확성이 다소 떨어지더라도 직관적으로 눈에 보이는 요령으로 가이드라인을 잡아 주는 게 현장 적용이 빠르다.

"표면에서 기포가 올라오는 건 마나 투사와 상관없이 열이 과하게 높아졌다는 뜻이다. 이럴 때는 열을 식혀 줘야 한다."

"열을 식힐 때는 어떻게 해야 합니까? 방금전에 비가 올땐 작업을 하지 말라 하셨는데, 물을 뿌려도 되는 것입니까?"

페르벤이 물었다.

냉기 마법을 사용할 게 아닌 이상에야 현장에서 활용할 수 있는 방법은 사실상 그게 유일하다.

"현장에서 사용할 방법은 그게 유일하다. 하지만 그것도 크기가 작은 블록에 해당한다. 크기가 큰 블록에 기포가 생기면 물을 뿌리는 정도로는 열을 잡을 수 없다. 그럴 때는 냉기 마법에 준하는 방법으로 열을 다스려야 한다."

문제가 있다면 이 현장에 냉기 마법을 다룰 수 있는 이가 없다는 것이다. 카일도 그 점을 잘 알고 있다.

"그러니 현장의 모든 이들은 큰 블록에 과열 현상이 발생하면 실질적인 조치 방법이 없다는 점을 인지해야 한다."

카일이 술사단에 좀 더 중심을 두어 설명했다.

반죽만 정석대로 잘하면 일반적인 경화 반응에서 과열 현상이 일어날 일은 사실상 없다.

경화 속도를 단축시키기 위한 마나 투사의 경우에 주의해야 하는 사항이다.

"명심하겠습니다!"

"그럼 경화되는 과정을 보여 줄 테니 다들 집중하도록."

카일은 일부러 실패 사례와 성공 사례를 비교하기 위해서 마나 투입량을 다양하게 조절해 가며 경화를 진행했다.

"바르콘에 마나를 투입하여 양생을 단축시키는 기술을 마나 양생이라고 명명하겠다. 이 마나 양생이 반드시 높은 단계의 마나 능력이 요구되는 것은 아니다. 1서클 마나 유저라 해도 능력이 되는 만큼 마나를 투입하면 투입된 마나양만큼의 경화 단축이 일어난다. 그리고 그건 0서클이라고 해도 마찬가지다."

"여, 영 서클요?"

말라드가 자신도 모르게 목소리를 내었다가 게올드의 눈치를 받고는 얼른 입을 다물었다.

게올드의 시선은 과오가 있는 니가 왜 나서냐는 뜻이었지만 카일은 그런 말라드를 눈 밖에 놓을 생각이 없다.

전향자인 만큼 위축될 것을 생각하여 좀 더 신경을 써 줘야 한다.

"말라드 경, 무엇이 궁금한가? 기탄없이 생각을 말해 보라."

카일은 일부러 그를 일으켜 세워 발언권을 주었다.

"죄송합니다. 0서클의 개념이 있는 건가 싶어서 저도 모르게 목소리를 내었습니다. 일반적으로 비능력자…… 아니, 그냥 일반인이라고 하는 것 아닌지요?"

"그 일반인들이 마나홀이 없는가?"

"그거야……."

"그랬다면 여기 있는 술사들 모두 지금의 경지에 오르지 못했을 것이다."

카일은 그들이 귀족이 아닌 평민들이며 수련원 출신임을 상기시켰다.

"마나홀은 모든 생명체가 가지고 있는 생명의 근원이다. 그렇기에 서클이 없다 해서 마나홀이 없는 건 아니다. 마나홀이 있는 이상 0서클이라 하여도 마나를 다룰 수 있음이 분명하다. 그렇지 않다면 어떻게 1서클의 경지에 오르겠나. 마나도 없는 상태에서 갑자기 1서클이 되는 것인가?"

"듣고 보니……. 그 말씀 맞는 것 같습니다. 마나 수련이란 게 마나를 연습하는 것인데……."

"그러면 저희도 마나를 쓸 수 있는 것입니까? 0서클이지만 마나홀은 있으니까 말입니다. 영주님의 말씀대로라면 그런 것입니까?"

가만히 듣고 있던 페르벤이 고개를 갸웃하며 맞장구를 쳤다. 그 말을 이어받은 사솔롬은 영 믿지 못하겠다는 어투였다.

"그렇다. 0서클이라 해서 마나를 쓰지 못하는 게 아니라 쓰는 것을 인지하지 못한 것이고, 의도적으로 활용하지 못할 뿐이다. 자네는 가슴근육을 움직일 수 있나?"

"예? 갑자기 가슴근육요?"

"그래. 가슴근육이 움직여지냔 말이야."

"저는 해 본 적이 없어서……."

"여기 일꾼들 중 가슴근육을 움직일 수 있는 자가 있는가? 있다면 상을 내리겠다."

"제가 가슴을 좀 씰룩거릴 수 있습니다요!"

가슴판이 빵빵하게 발달한 건장한 일꾼 하나가 벌써부터 가슴을 씰룩거리며 앞으로 나왔다.

아주 울끈불끈 요동치는 가슴이다.

"이 정도 움직이면 움직인다고 할 수 있지 않은지요."

"좋다. 아주 좋은 씰룩거림이다."

카일의 말에 일꾼들은 다들 파하하 웃었다.

술사들은 이런 분위기가 도저히 적응이 되지 않아 눈치만 살필 뿐이었다.

"자, 가슴근육이 움직일 수 있다는 것을 보았을 것이다. 가슴근육을 움직이지 못하는 자네에게 가슴근육이 없는가?"

"그건 아닙니다."

"마나 또한 같다. 가슴근육을 어떻게 힘을 주는지 몰라 움직이지 못하는 것처럼 마나를 어떻게 쓰는지 몰라서 움직이지 못하는 것뿐이다."

"그러면 저희도 마나를 쓸 수 있다는 겁니까?"

"이미 쓰고 있다. 무거운 물체를 밀 때 가슴근육이 사용되는 것처럼 마나가 필요한 순간에 자연스럽게 마나를 사용한다. 다만 그것을 의식하지 못하는 것뿐이다. 숨 쉬는 걸 의식하고 쉬지 않는 것처럼 말이다."

"아이구, 영주님. 저희는 무식해서 영주님께서 쉽게 설명을 해 주셔도 무슨 말씀이신지 알 도리가 없습니다요."

페르벤이 다소 긴장한 얼굴로 앞으로 나왔다.

그 표정이 절절매는 것이 대체 왜 그러냐, 그만 말씀하셔라, 하는 표정이다.

주변에 있는 기사들의 눈치가 뭔가 심상치 않았던 탓이다.

원래 약한 자가 권력자의 총애를 받으면 권력자가 편애한다 욕먹는 게 아니라 약한 자가 치도곤을 당하는 법이라서 말이다.

카일도 페르벤의 그런 속내를 바로 눈치챘다.

'준다 해도 받는 사람이 받을 마음이 되어야지. 여기서 더했다가는 괜히 혼란만 만들겠군.'

카일은 일꾼들을 목표로 한 마나 설명은 이쯤에서 그만두기로 했다.

첫술부터 목이 매여라 퍼먹을 생각은 없다. 차근차근, 단계별로 가면 끝내는 다 이룰 수 있다.

지금까지 그러했으니 말이다.

"내가 너무 어려운 이야기를 했나 보군. 일손이 부족하니 0서클 마나 능력까지 빌리고 싶은 마음이라 그랬어. 자 자,

귀담아들을 것 없다. 시간이 없으니 속성 양생을 보여 주 겠다."

카일은 양손을 거푸집 위에 올렸다. 한 손으론 마나를 흘려 넣어 화학반응을 가속화시켰고 다른 손으론 냉기 마법으로 온도를 조절했다.

카일이의 손 아래에서 순식간에 바르콘이 굳어 갔다.

물기 찰박찰박했던 바르콘 반죽은 차 한 잔 마실 시간도 안 되어서 대리석처럼 굳어 버린 바르콘 블록이 되었다.

"나름의 경지가 있다면 이런 속성 양생도 가능하다. 거푸집을 열어 보라."

"옛!"

페르만이 거푸집을 열었다. 그러곤 강철 해머로 완성된 바르콘 블록을 후려쳤다.

까앙-!

모루 때리는 소리가 났다.

몇 번 더 힘있게 내려쳐도 모서리 부분만 이가 조금 나갈 뿐 별다른 흠집이 없었다.

"바르콘 블록은 10층의 하중도 버틸 수 있을 만큼 단단하다. 어떠한가?"

"건축관으로서 사랑에 빠질 만한 자재입니다. 아주 의욕이 풀풀 샘솟습니다."

"사솔롬, 자네는?"

"저도 그렇습니다. 요 바르콘은 화덕이 필요 없지만, 반죽틀은 많이 필요할 것 같습니다. 그런데 질문 하나 올려도 되겠습니까?"

"허락한다."

"반죽틀은 얼마만큼 큰 크기까지 만들어도 되는 것입니까? 어차피 이렇게 만든 벽돌을 쌓아서 벽을 만드는 거라면 처음부터 벽 모양으로 거푸집을 떠도 되는 건가 싶어서 말입니다."

사솔롬의 의문에 카일은 흐뭇하게 미소 지었다.

설치지 않겠다고 말하였지만 창의력이 없는 인물이 아니다.

오히려 그의 표현대로 설치고 싶기에 미리 위험 요소를 파악하려는 것에 더 가깝다.

"오늘은 간단히 시현 정도만 보이려 했는데, 이런 질문을 받으니 그냥 넘어갈 수 없겠군. 진도가 빠르다 싶다만 여기 있는 모두가 장인들이니 염려하지 않고 다음 단계를 선보이겠다."

카일은 망토를 벗고는 소매를 쓱쓱 걷었다.

카일이 본격적으로 나서니 다들 눈을 반짝이며 집중도가 확 올라갔다.

의욕 있는 자들이니 저들이 도달해야 할 최종 단계 수준의 공법을 보여도 기가 꺾이지 않을 듯하다.

카일은 내친김에 메테오를 뽑아 들었다.

진심으로 할 참이었다.

"게올드 경."

"예, 영주님!"

"틀을 짤 통나무를 대령하라."

"네! 바로 대령하겠습니다!"

"가마장은 반죽을 더 준비하고 건축관들은 집터 하나 잡아 두도록."

카일의 명령에 장내가 부산해졌다.

카일은 바로 준비된 통나무를 단칼에 썰어 내었다.

통나무가 눈으로 좇지 못할 속도로 썰려 나가고 나면 이리저리 복잡한 형태의 나무 판들이 우르르 쏟아져 나왔다.

퍼즐처럼 짜맞춰지는 거푸집 조각들이었다.

눈치 빠른 페르벤은 바로 그 조각들의 연결 부위를 찾아 이어 맞췄다.

카일은 순식간에 아름드리 통나무 열 개를 썰어 내었다.

검을 쓰는 그 모습이 신기에 가까운 경지라, 입을 쩍 벌리고 구경을 할 정도였다.

"다들 구경만 하고 있나! 눈치껏 조각을 맞춰서 거푸집을 만들어야지!"

"예, 예! 죄송합니다!"

카일의 호통에 술사들이 정신을 번쩍 차리곤 부산히 움직였다.

그렇게 네 개의 커다란 거푸집이 완성되었다.

하나는 기둥, 하나는 창문이 있는 벽, 하나는 문이 있는 벽, 나머지 하나는 통짜 벽이었다.

완성된 거푸집에 바르콘 반죽을 채우고 마나 양생을 이었다.

이번에는 다른 술사들에게도 실습을 할 수 있는 기회를 주었다.

카일의 감독하에 여럿이 함께 마나를 투사하여 빠르게 경화를 완료했다.

거푸집을 해체하니 자갈이 알알이 박힌 커다란 바르콘 블록이 그 곧은 자태를 드러냈다.

"이렇게 큰 덩어리로 보니까 확실히 귀족분들 저택에나 들어갈 귀한 자재 같구먼."

"이거 묵직한 것 보게. 그냥 들어서는 꿈쩍도 안 하겠어."

"성벽 공사할 때 쓰는 거중기가 있어야 하겠는데."

"우리를 두고 거중기를 찾다니. 지금까지 누구랑 같이 일했다고 생각하는 거야들."

게올드가 골렘 오브를 꺼내 골렘 연성을 시작했다.

마나 줄기가 커다란 바르콘 블록을 휘감았다.

"으웃—! 이거 좀 무겁구먼!"

게올드는 핏대를 세우며 힘을 줬다.

네 덩이의 블록이 팔 없는 눈사람 같은 모습으로 덩어리져 일어났다.

"영주님, 저 자리에 심으면 되겠습니까?"

"그렇다."

게올드는 정신을 집중하며 미리 준비해 둔 터에 골렘을 내려앉혔다.

이제 인부들이 들어갈 차례다. 인부들은 별다른 지시 없이도 어떤 일을 해야 하는지 이해했다.

집을 지을 때 궤를 맞추어 결합하는 것은 통나무 건축의 방식이라 질리도록 한 것이다.

블록 하나당 무게가 통나무와는 비교도 하지 못할 정도로 무겁다는 게 차이지만, 그 무게에 대한 것은 골렘술사가 도와주고 있다.

일꾼들은 능숙하게 궤를 맞췄다.

요철 모양으로 맞물리도록 만든 네 개의 블록이 자리를 찾아 연결되니 그대로 벽체 하나가 자리를 잡았다.

"어느 정도 이격이 나는 것이나 파손된 것은 상관없다. 수평만 잘 맞게 자리를 잡으면 회반죽을 더해 보수를 해 주면 된다."

"영주님 말씀하신 대로 뭐가 중한지 다들 알아들었지! 궤는 대충 끼구고 수평을 잡으라 이거야! 수평 잡아라!"

인부들은 바닥을 깎기도 하고 괴기도 하며 전체적인 수평을 잡았다.

"모양 잡았습니다!"

"남은 반죽으로 이음매를 메꿔라!"

인부들은 아직 자갈이 섞이지 않은 모르타르 상태의 반죽을 퍼 담았다.

바르콘과 같이 바르몰이라 이름 지은 모르타르 반죽이 이음매를 깔끔히 메꿔 들어갔다.

"바르몰의 굳이 마나 투사가 아니라 불을 대어 주는 것만으로도 경화 시간을 단축할 수 있다."

"그러면 가까이에 화로를 하나 두거나 하면 되겠습니다."

"그것도 좋은 방법이다."

"어차피 인부들 쉴 자리도 있어야 되고 하니까, 딱 좋은 것 같습니다. 땔감으로 쓸 폐목재는 아직도 많습니다."

"좋다. 방법은 이게 전부다. 여기에 추가적인 특별한 비법이 들어가는 것도 아니고, 새로운 경험이 필요한 것도 아니다. 다들 해 본 것이니 손에 익히는 게 어렵지 않을 거라 믿는다."

"물론입니다! 지금까지 내차 했던 게 이겁니다. 해 봐야 반죽해서 틀에 붓는 것뿐인데 그게 뭐가 어렵겠습니까!"

"앞으로 자재는 목재와 벽돌, 석제에 더해 이 바르콘까지 공급될 것이다. 각 건축관들은 이를 잘 분배하여 작업에 지체가 없게 하라!"

"예, 영주님! 열심히 일하겠습니다!"

건축관들뿐 아니라 술사들도 의욕적으로 대답했다.

카일은 이런 의욕을 사랑한다.

흥에 겨운 일이다.

"바르테온의 향후 100년의 풍경이 그대들에 손에 달려 있다. 나는 그대들의 열정이 자랑스럽다. 모두 자부심을 가지고 일하도록!"

카일은 그러한 치하와 함께 소 세 마리를 포상으로 내렸다.

작업자들 모두가 배부르게 먹을 양이다.

거기에 술도 빠질 수 없다.

자부심을 느낄 만한 기술과 실질적인 존중이 함께하는 과업이다.

이 정도면 일할 맛 나는 현장 아니겠나.

인부들은 즐거움에 환호했고 술사들은 놀라움에 탄성했다.

이곳은 바르테온이었다.

❖

"영주님, 조만간 해가 바뀝니다."

이제 한 해의 끝이 다 와 간다. 지난 한 해 동안 참 많은 일이 있었다.

하나하나 열거하기만 해도 하룻밤은 잡아먹을 양이다.

아무리 자신의 능력이 뛰어나다 해도 혼자서는 절대 이루지 못했을 성과들이다.

함께해 준 사람들이 잘 따라와 줬다.

카일은 지나간 모든 것들과 함께한 모든 이들에 대한 감사함을 느꼈다.

"정신없는 한 해였어. 메이 덕에 편안하게 정무에만 집중할 수 있었어. 고마워."

"아휴 참. 저야말로 영주님의 너른 그림자 안에서 편하게 일했는걸요."

"그래, 앞으로 올 새해에도 함께 잘해 보자."

"네, 영주님. 해서 말인데 액보내기 행사에 쓸 새로 지은 예복을 봐주십사 해서요."

메이의 본래 용건이 이것이었다.

카일은 그제야 까맣게 잊고 있던 액보내기 행사를 떠올렸다.

액보내기 행사는 1년의 마지막 날 하는 행사로 지난 1년간 겪은 액운들을 털어 보내는 행사다.

안 좋은 기억들을 액땜했다는 마음으로 털어 내고 다가올 신년을 좋은 기분으로 맞이하자는 행사인 셈이다.

며칠씩 연달아 하는 큰 축제는 아니지만, 해가 바뀐다는 의미에서 빼먹으면 안 되는 중요한 행사였다.

"아, 그랬지. 액보내기를 해야 되는구나."

"예, 영주님. 올해는 직접 진행하실 거라 생각해서 예복을 새로 준비했답니다."

메이는 제법 큰 자부심으로 말했다.

기존에 있던 카일의 예복들은 전부 치수가 두 치수 정도 큰 것들이었다.

그중에서도 특히 허벅지와 허리둘레를 더 넉넉하게 품을 잡아 지은 것들이었다.

마스터의 경지에 오른 후 체형이 변하여 군살 하나 없이 매끈한 몸매가 되었지만, 카일은 딱히 새로운 예복을 지으라 하지 않았다.

기존의 것들을 수선해서 입었을 뿐이다.

메이는 시녀장에 오르자마자 재단실에 말해 새 의복을 지으려고 하였지만 준비를 할라치면 일거리가 쏟아졌었다.

마스크를 만들고 시종들의 유니폼을 만들고 판매를 위한 고급 드레스를 만들고, 자수가 들어간 평상복을 만들고.

실질적인 생산은 11단에서 했지만 기본 디자인을 뽑고 시제품을 만들어 11단에 지시하는 것은 재단실의 몫이었다.

그러다 전쟁이 났고 말이다.

전쟁은 두렵고 고달팠지만 전쟁이 끝난 후의 기간은 비 온 뒤 새싹이 돋는 것과 같은 때이기도 했다.

그래서 이번 액보내기 행사만큼은 제대로 된 새 옷을 준비하겠다며 작정하고 준비를 한 것이다.

그래야 그 예복의 개선점을 찾아 신년식에 쓸 예복을 완벽히 준비할 것이기 때문이다.

"지금 준비된 거야?"

"예. 당장이라도 내어 올릴 수 있습니다."

"그럼 지금 확인하자."

메이가 준비한 예복을 가지고 왔다.

"아주 작정하고 만든 느낌인데? 언제 이런 걸 준비했어? 짬이 없었을 텐데."

"산중에 올라가 있을 때 초안을 잡았습니다. 내려와서 지금까지 계속 작업했고요."

"수고 많았겠는걸."

"신년식 때 쓰실 예복이라 생각하고 열심히 만들었답니다."

평소 메이는 열심히 했다는 말을 하지 않는다. 그저 자신의 일이다, 당연히 할 일이라고 말한다.

그런 메이가 열심히 했다 말할 정도면 자신이 할 수 있는 최선을 다했다는 말과 같다.

그리고 이 결과물이 그 최선을 증명하고 있다.

예복은 천으로 만들었음에도 가죽 갑옷처럼 제 형태를 유지하고 있었다.

세세한 마감에선 실밥 하나 튄 것 없고 재봉 간격 또한 완벽에 가까운 정렬을 보여 줬다.

　특히 자수 공법과 함께 매듭기법을 겹친 장식들은 바르테온이 가지고 있은 의복 제작의 모든 기술이 전부 들어가 있다고 해도 될 정도였다.

　그 화려함과 형태의 맵시가 이전에 없는 수준이었다.

　그럴 수밖에 없는 게 이걸 사람 손으로 직접 하려거든 1년을 꼬박 걸려도 만들지 못할 정도의 작업량이기 때문이다.

　재봉틀이 있기에 가능한 기법들의 정수가 고스란히 녹아 있는 옷이었다.

　그 화려함이 퍽 과하다 싶었지만, 영주로서 영지의 기술력을, 그것도 자신이 키운 기술력을 입는다는 기분은 제법 뿌듯한 일이었다.

　"한번 입어 보시겠습니까?"

　"입어 봐야지. 이렇게 잘 만들어 왔는데."

　카일은 흔쾌히 의복을 입었다.

　메이는 의복 시중을 드는 와중에도 감탄을 연발했다.

　"맵시가 어쩜 이렇게 잘 맞는담. 어떠신가요? 불편하진 않으세요?"

　"옷 기법에 갑옷 만드는 기법이 들어간 것 같아."

　"맞습니다. 옷이 맵시를 잡아 주게끔 되어 있어서 불편하실까 싶어 갑옷의 관절 부위 만드는 것을 많이 참조하였습

니다."

"이걸 메리가 제안한 거야?"

"같이 피난을 하였던 통에 운이 좋았습니다. 여러 장인들과 대화를 할 수 있었거든요."

"이거 좋은데."

"마음에 드세요?"

"정복의 존재감은 살리면서도 나름 방어력도 있고 그렇다고 통기가 안 되거나 무겁지도 않고 말이야."

겨드랑이 부분과 오금 부분 등 관절이 접히고 마찰이 있는 부분엔 통기를 위한 숨구멍이나 비늘 구조를 통해서 환기가 잘되는 구조를 해 놨다.

팔을 몇 번 움직이니 안에 있는 공기는 빠져나가지만 밖에서 찬 공기가 안으로 들어오는 것은 매우 약했다.

처음에는 화려한 장식 기술에 흡족했는데 직접 입어 보니 눈이 띄지 않는 편의 기술력이 훨씬 높다는 느낌이었다.

"마음에 흡족하십니까?"

"흡족하다마다. 이거 진짜 좋은데? 마음에 쏙 들어. 가히 최고라고 할 만해."

카일은 엄지를 치켜세웠다. 진심이었다.

그 진심이 곧이 전해졌는지 메이는 코끝이 찡해 콧볼을 움츠렸다.

"정무관들도 예복이 있긴 한데, 가벼운 작전복 같은 개념이 없잖아."

"작전복요? 기사분들 말씀하시는 것이지요?"

"그래. 기사들."

몬스터 소탕을 하러 나갈 때는 무장을 갖춰야 하기 때문에 풀 플레이트 무장을 하고 나가는 편이긴 한데, 솔직히 닭 잡는 데 소 잡는 칼 쓰는 격인 경우가 많았다.

불편한 것도 불편한 것이고 무게도 많이 나가서 착용자와 말 모두 피로가 빨리 온다.

특히 여름에는 뙤약볕에 갑옷이 달궈져 아주 고역이다.

그래서 위험도가 낮은 지역에 소탕을 나갈 때는 다들 간단한 사냥복 차림으로 나가는 편이다.

사냥복은 사복에 가까운지라 기사단끼리 통일도 안 되어 있을뿐더러 계급에 따라 복장의 편차도 많이 나는 편이다.

그렇다 보니 멀리서 보면 저게 기사단인지 돈 좀 있는 용병단 무리인지 구분이 잘되지 않는다.

솔직히 가문을 상징하는 깃발이 없으면 한눈에 구분하기 어렵다.

그래서 기사들의 간편한 토벌복도 있으면 좋겠구나 생각했는데 이러면 딱 좋지 싶다.

"이거 손 많이 가지? 틀 잡는 데만 해도 어지간할 것 같은데."

"네. 정성 많이 들였어요."

"그러면 치하의 의미로도 좋겠다. 사실 이번에 전쟁 끝나고도 이렇다 할 논공행상 없이 지나가서 조금 그랬거든. 이 정도면 기사들도 꽤 좋아할 것 같아."

메이는 이 순간에도 신하들 생각을 먼저 하는 카일이 너무도 기꺼워 절로 미소가 번졌다.

"장식은 각 가문에서 알아서 달라고 하고 이 기본 틀만 잡아서 주면 될 것 같거든. 그 정도면 좀 할 만하잖아?"

"예. 그러면 일감이 절반도 안 될 거예요."

"그러면 왁스 정도는 먹여도 되겠네? 아니다, 왁스도 개인적으로 하라고 하자. 일이 너무 많다. 여하튼, 어떤 느낌인지 알지?"

"네. 이해했어요. 기사분들이 가볍게 입으면서도 통일성이 있고 위엄이 느껴질 만한 입기 편리한 갑옷 같은 느낌이요."

"그렇지, 갑옷 같은 느낌으로. 역시 척하면 딱이라니까. 내친김에 이름을 정하자. 풀 코튼 메일. 풀 플레이트 메일처럼, 풀 코튼 메일. 느낌 딱 오잖아."

"네. 최대한 빨리 준비해서 보고드릴게요. 오늘 저녁까지 가능할 거예요."

"되겠어?"

"이 예복을 만드느라 제작한 시제품이 몇 개 있거든요. 그것을 활용하면 될 것 같아요."

"빨리 보면 나도 좋지. 당장 액보내기 행사 때 1급관까지만이라도 같이 입으면 좀 그림 살잖아."

"네. 그때까지 준비해 볼게요."

"내가 이거 너무 욕심냈나. 괜히 큰 일감 하나 던져 준 기분이네."

"아니에요. 재단실에서도 분명 좋아할 거예요. 영주님께서 정말 마음에 드셨지 않고서야 이런 지시를 내리실 리가 없으니까요."

"그리고 대량생산은 11단으로 가야 할 거야. 이거 만드는 양식이 복잡하니까 미리 교육을 해 두는 게 좋겠어."

"그 부분이라면 괜찮아요. 다들 익숙해요."

"11단에서?"

"네."

"이거 11단에서 만든 거야?"

"아―. 음. 만들었다기보단 손을 많이 거들어 줬어요. 짬짬이요."

카일의 미간이 좁혀 들어갔다.

이 의복은 어디까지나 영주의 예복이다.

아무리 11단이 관저 내에 있다고 해도 엄연히 공적인 독립기관인데, 영주의 예복을 만드는 데 동원되었다는 부분이 조금 텁텁했다.

어찌 보면 영주 예복도 공적인 일이라 할 수 있긴 했지만,

엄밀히 따지면 분류가 다르긴 하다.

카일이 11단을 창단한 것은 대외 수출용 의복 생산이 주 목적이었기 때문이다.

'잘한 건 잘한 거다만 지적할 건 지적해야겠지.'

"제가 잘못한 건가요? 잘못한 게 있다면 말씀 주시길 간청 드리겠습니다. 겸손히 반성하겠습니다."

카일의 눈치를 살핀 메이는 얼른 표정을 굳히곤 고개를 숙 였다.

이러면 따끔히 말할 필요가 없다. 그저 알아듣게 설명해 주면 된다.

"11단은 영지 공영의 목적으로 창단한 조직인 거 알잖아. 관저 내에 있긴 하지만 저택과는 엄연히 분리된 조직이야. 저택의 일이 11단으로 넘어가선 안 돼."

"예, 영주님. 죄송합니다. 제가 욕심이 과해서 제대로 살 피지 못해 업무를 혼란시켰습니다. 11단에서 먼저 도와주 겠다고 해서 심각하게 생각하지 못하였습니다. 제 불찰입 니다."

메이는 평소의 친근한 관계가 전혀 없었다는 듯, 일관된 신하의 자세로 잘못을 구했다.

"11단에서 먼저 도와주겠다고 했다고? 당신이 일을 넘긴 게 아니라?"

"예. 저와 재단실에서 부산을 떠니 11단원들이 몇몇 손을 거들어 준 것입니다. 그리고 이 예복을 만들 때 크게 기여한 이도 11단원인지라 자연스럽게 함께 작업하게 되었습니다."

11단은 재봉틀기사들, 봉제사들이다.

대부분 바느질을 잘하는 재단실 시종 출신들이고 거기에 바느질 솜씨가 뛰어난 아낙들이 추천되어 발탁된 경우다.

그 솜씨 뛰어난 아낙들도 귀족 가문과 일손이 닿아 있는 이들이었다.

그런 개념에서 볼 때 영주 관저의 시녀장은 그녀들이 평소 바라봤던 정점에 있는 사람이라 할 수 있었다.

"하오나 모두 일과를 끝낸 이후에 작업한 것이라 소화해야 할 과업엔 차질이 없게 하였습니다."

"수당은?"

"예?"

"수당은 챙겨 줬어? 야근 시킨 거잖아. 어쩐지, 밤에도 11단에 불이 켜져 있더라니."

"수당은 챙겨 주지 않았습니다. 그녀들 모두 흔쾌히 자기 일처럼 나섰던지라……. 다들 영광된 일을 한 것인데 수당 까지 챙겨 줘야 한다는 생각은 하지 못했습니다."

"정말 100% 영광된 일로 생각한다고 장담할 수 있어?"

"그게 무슨 말씀이신지……."

"메이도 시녀장이잖아. 나름 높다면 높은 자리인데, 그 정 도면 의도 없는 호의는 없는 자리야."

카일의 말에 메이는 잠시 생각을 골몰했다.

그녀들이 자신에게 호의를 보인 이유가 무엇일까. 단순히 시녀장이라는 직책에 눈치를 본 것뿐이라면 너무 무르게 생각하는 것이다.

"잘 생각해 봐. 정말 나에게 옷을 지어 주는 것 자체만으로 즐거워서 야근까지 자청하며 일을 한 것인지. 모두가 진심으로 그런 사람들뿐이었는지."

"아-! 아아…….."

메이는 무언갈 깨달은 듯 탄성 지었다.

"그녀들 중에 시종 자리를 놓아 달라고 말하긴 했는데……. 그게 문제가 되는 것인지……."

사실 지금까지의 인사 발탁의 문화로 보면 전혀 문제 될 게 없다.

아주 정상적인 절차이기 때문이다.

"아, 아닙니다. 문제입니다. 죄송합니다. 지금까지 다른 10단원들 전부 다 영주님께서 직접 시험을 진행한 후 발탁하셨는데, 제가 아주 오만불손한 생각을 하였습니다. 죄송합니다, 영주님."

급기에 메이는 무릎을 꿇었다.

시험과 공채라는 개념과 인식이 제대로 자리 잡혀 있지 않은 탓이다.

오랜 시간 자리 잡은 의식이 한두 번의 사례로 단번에 바뀌는 것은 불가능한 일이다.

아마 메이가 아니었다면 이런 과정이 문제 될 행동임을 자각하지도 못했을 것이다.

지금까지 항상 카일을 살피며 카일이 사람을 발탁하는 과정을 곁에서 보아 왔기에 그나마 알아챈 것이다.

"이제 알았으니 조심하면 될 일이지. 그만 일어나."

"마땅히 벌을 받아야 하는 게 아닌지요?"

"벌은 잘못을 알게 하고 반성시키기 위함이야. 시녀장은 이미 잘못을 깨우쳤고 반성도 하고 있잖아. 충분하니 이만 일어나."

오늘의 공이 아주 크다. 죄가 공을 덮을 정도는 아니다.

카일은 메이를 직접 일으켰다. 메이의 얼굴에 아쉬움이 가득했다.

서운해하는 표정은 아니다.

"결과가 아무리 좋아도 과정이 부정하다면 기사로움이 아니라 알고 있었는데……. 참으로 면목 없습니다. 영주님께 자랑스러운 시녀장이 되고 싶은 욕심이 너무 컸습니다."

"됐어. 됐어. 그렇게까지 시무룩해할 일이야? 이래서야 내가 마음 편히 지적이라도 하겠어? 나 불편하게 할 거야?"

"송구합니다, 영주님."

"자, 그럼 지시 사항 적어 줄 테니, 가까이 와."

카일은 입고 있는 의복의 관절 부위를 면밀히 살피며 세부적인 지시 사항을 내렸다.

메이는 정신없이 쏟아지는 지시 사항을 듣고 있자니 실수를 했다는 아쉬운 마음도 금방 날아가 버렸다.

"너무 많은가?"

"아닙니다. 구조가 크게 변하는 게 아니라서 괜찮을 것 같아요. 최대한 반영하겠습니다."

"좋아. 그럼 이따 보자고."

✦

바쁜 하루가 저물었다.

오늘은 추모비에 쓸 오석이 도착해서 추모비 관련 업무로 하루를 다 쏟았다.

추모비를 어디에 둘 것인지 자리를 정하고 어떻게 다듬을 것인지, 그리고 핀스가 담당하고 있는 추모비와 같이 들어갈 조형물 작업은 얼마나 진행되고 있는지 등등.

세세하게 따져 가며 면밀히 살폈다.

카일이 다른 일보다도 더욱 신경을 쓴 것은 이 추모비가 바르테온에 세워지는 첫 번째 추모비였기 때문이다.

바르테온에선 전투 중에 전사한 것을 영광된 죽음을 맞이했다고 인식하는 경향이 아주 강하다.

그래서 전사자들에 대해선 용기 있는 기사들을 칭송하는

노래를 부르지 눈물을 보이며 슬퍼하지 않는다.

물론 평생을 기사로서 수련한 귀족들이야 그것만으로도 만족할 수 있어도, 그렇지 못한 일반 영지민들까지 그런 정신 무장이 되어 있는 것은 아니다.

그리고 아무리 그렇다고 해도 사랑하는 사람을 떠나보낸 사람들의 마음엔 아쉬움과 슬픔이 남을 수밖에 없다.

모즈 부인만 보아도 그런 응어리가 얼마나 큰지 잘 알 수 있었다.

카일은 그런 응어리를 가진 이들에게 마음을 녹일 수 있는 공간으로서 추모비를 더해 추모공원을 기획했다.

자리는 의사원 부지 뒤쪽으로 바르테온 내에서 가장 고즈넉한 안쪽 자리로 골랐다.

"신년식 때 개장을 하는 건 너무 늦은 것 같고. 우선 개장은 액보내기 행사 때 같이하는 게 낫겠어. 아— 이거 괜찮겠는데."

카일은 갑자기 떠오른 생각을 추모식 계획에 더했다.

전사자들에 대한 예우로서 수의를 오늘 본 풀 코튼 메일로 지급하면 좋겠다는 생각이었다.

젊은 기사가 전장에서 사망할 경우, 사망 당시 착용하고 있는 무구 그대로 입관을 하는 풍습이 있으니 마침 그 문화와 맥이 통한다 싶었다.

"인근에 대마가 있던가?"

"영주님, 시녀장이 보고차 방문했습니다."

카일은 식물 분포상에 삼베의 원료가 되는 대마를 검색해 보려는 찰나, 메이가 찾아왔다.

카일은 너무 많이 뻗어 버린 생각을 정리하곤 메이를 맞이했다.

메이는 재단실장인 데양과 함께 방문했다.

카일은 우선 의복을 살폈다.

개선점으로 지시한 지시 사항들이 전부 다 알맞게 반영되었다.

나무랄 게 없었다. 오히려 지시 사항 외적으로 추가된 부분도 있었다.

'내가 지시한 의도를 완벽히 파악해야 이렇게 할 수 있는 건데.'

거기에 더해 개발자로서의 창의력과 진취적인 열정 또한 가지고 있어야 한다.

딱 카일이 원하던 인재상이었다.

"만듦새 있게 잘 만들었군."

"하오면 이대로 완성하면 되겠습니까?"

"그러도록 하지. 그런데 이 관절 부위 말이야. 실장이 만든 것인가?"

"아닙니다. 그 부분은 소피아가 담당했습니다."

"11단원을 말하는 게지?"

"예. 그렇습니다."

카일이 데양에서 메이로 시선을 옮겼다.

"소피아가 그 관절 부위에 대한 제안을 한 단원입니다. 모양을 잡아 주는 옷은 입기 불편하니, 그 관절 부위를 갑옷과 같은 경첩 방식으로 만들면 어떻겠냐고 해서 그대로 반영한 것입니다."

"11단원 중에 크게 기여한 이가 있다고 하더니, 소피아가 그인가 보군?"

"네, 맞습니다. 산중에 피난해 있을 때부터 함께 머리를 맞대어 궁리했습니다."

"그러면 이번 개발의 핵심 인물인데, 함께 왔어야지."

"송구합니다. 지금이라도 불러올까요?"

"퇴근했을 시간인데, 아직 관내에 있나?"

"있을 것입니다."

"그럼 얼굴 봐야겠군. 시론, 11단으로 가서 소피아를 불러 오도록."

"예, 영주님!"

카일은 시론을 보내 두고 데양에게 나머지 지시 사항을 전달했다.

액보내기 행사 전까지 행사에 참여하는 2급관 이상의 정무관들의 풀 코튼 메일을 제작해 두란 내용이었다.

"불가능한 것을 가능하다 말하지 말고 객관적으로 평해 보도록 해. 지휘관이라면 조직의 역량을 제대로 파악하는 것도 능력이야."

"장식을 하나도 쓰지 않고 한다면 가능할 것 같기는 합니다. 다만 현재 작업하고 있는 수출용 옷에 대한 생산 일정을 조절하든가, 야근을 진행해야 할 것 같습니다."

"수출용은 이미 계약이 되어 있는 것이니 야근 일정으로 하지. 이번 의복은 영주의 이름으로 나가는 하사품이니 가문 재정을 사용하도록 해. 지원 인원과 일정, 수당 및 자재비 추산해서 보고 올리도록."

데양의 실력을 보기 위해서 일부러 까다로운 주문을 넣었다.

데양이 옷을 짓는 실력면에서는 나무랄 게 없긴 하지만 큰 조직을 이끄는 수장으로서는 유연성이 조금 부족한 감이 있다.

그의 나이를 생각하면 박하게 평가할 일은 아니었지만, 또한 나이를 생각하면 은퇴를 생각할 시기이기도 했다.

"예, 정리해서 보고 올리겠습니다."

"나가 보도록 해."

카일은 데양을 물리고 문밖에서 대기 중인 소피아를 불러들였다.

"영주님을 뵙습니다."

소피아가 굽은 등을 더욱 공손히 숙였다.

"흐음―."

카일은 불편한 얼굴로 턱을 쓸었다.

겨울옷을 입고 있었음에도 그녀의 뼈대가 너무도 가녀린 게 한눈에 들어왔기 때문이다.

소피아는 피골이 상접했다 할 표현이 딱 맞는 얼굴이었다.

카일은 그녀의 마나를 살폈다.

마나홀이 상하진 않았으나 그 힘이 매우 미약하고 흐름이 굳세지 못했다.

혈액순환이 잘되지 못해 손발이 찰 것이고 기력이 쇠해 기절을 하는 경우도 종종 있을 상태다.

하지만 이렇다 할 다른 병증이 있는 마나 흐름은 아니었다.

"몸이 축나게 일을 하나?"

"죄송합니다."

소피아는 갑작스러운 카일의 역정 같은 어투에 영문도 모른 채 고개를 숙였다.

"아아―. 화낸 것은 아니야. 귀한 인재가 이리 몸이 상한 것을 보니 그게 조금 속상한 것일 뿐. 평소에 잠과 식사가 부실한 듯한데, 안 하는 것인가 못 하는 것인가?"

소피아는 옆의 메이에게 도움의 눈길을 보냈다.

어떻게 대처해야 할지 어려웠기 때문이다.

"소피아가 일을 집중해서 하면 밥때를 잘 놓치는 편입

니다."

"그럴 것 같더라니. 몸은 그리 축나 있는데 눈동자가 살아 있거든. 눈이 살아 있는 사람들이 대게 그래. 자기 몸 귀한 줄도 모르고 상하는 줄도 모르지."

카일은 혀를 차며 자리에서 일어났다. 소피아는 자신의 어깨로 다가오는 그 손길에 깜짝 놀라 목을 움츠렸다.

메이가 괜찮다는 의미로 빙긋이 미소 지으며 고개를 끄덕여 줬다.

카일은 그녀의 어깨를 통해 마나를 투사해 줬다.

소피아는 순간 몸이 살아나는 것 같은 활력을 느꼈다.

깜짝 놀라고 신기함 가득한 감정이 얼굴 가득 표출되었다.

"그게 마나가 융성되는 느낌이다."

"황홀한 기분이었습니다."

"기력은 찾았으니 힘든 사람 잡아 두고 진 뺀단 말은 않겠지. 물을 게 많아."

"네, 영주님. 뭐든 성실히 대답하겠습니다."

"이 옷에 갑옷의 방식을 도입하자 한 게 자네라던데. 맞아?"

"저 혼자 이야기한 건 아닙니다. 저는 그냥 혼잣말로 체형을 잡아 주는 옷이면 갑옷처럼 만들면 되겠다고 말한 것뿐입니다. 그 말에 시녀장께서 갑옷의 도면을 구해 주셨고 그것을 토대로 옷감으로 흉내를 내 본 것입니다."

"결과물을 본 채 생각하면 뭐든 쉽지. 아무도 생각하지 못한 것을 최초로 실행한 게 어려운 것이니 그리 겸손할 것 없어."

카일은 데양이 올린 보고서를 그녀 앞으로 내보였다.

"함께 준비했으니 무엇인 줄은 알고 있지?"

"예, 이번 액보내기 날 쓰실 정무관 예복인 줄 알고 있습니다."

"다 좋은데, 투구가 없어서 말이야."

"투구요?"

"그래, 투구. 한번 추가로 기획해 보겠어?"

카일은 그 자리에서 펜과 종이를 내주었다.

분명한 의도를 가진 시험이었고 소피아도 그것을 인지했다.

그 순간 소피아의 눈동자에 더욱 큰 활기가 치솟아 올랐다.

이제 영지의 녹을 먹는 사람들 중 카일이 문제를 내는 것이 기회인 줄 모르는 사람은 없다.

"생각할 시간을 가져도 되겠습니까?"

"차 한 잔 마실 정도. 나는 자네의 직관을 보고 싶은 것이라 오랜 시간을 주진 못하겠어."

"네. 알겠습니다."

소피아는 입술을 꽉 깨물며 정신을 집중했다.

무릎을 꽉 쥐고 있던 소피아는 어느 순간 생각을 정리한 것인지 펜을 낚아채곤 휘리릭 스케치를 휘갈겼다.

잉크가 사방에 튈 정도로 격한 손놀림이었지만 그 선은 또 렷하고 흔들림이 없었다.

같은 선에 손이 두 번 가는 일도 없었다.

"모자가 아니라 투구라고 하셨습니다. 이는 실제 전투에서 사용할 수 있도록 만들라는 말씀이라고 이해했습니다. 하지만 이 풀 코튼 메일의 제작 목적 자체가 기사들이 여름 철에 편히 입을 작전복의 개념이며 예복의 목적도 잃으면 안 된다고 생각했습니다. 해서 이렇게 디자인을 생각했습니다."

"투구라기보다는 후드숄에 가깝군. 짧은 판초의로 봐도 될 듯하고."

"기사님들께서 전투를 하실 때는 피가 많이 튄다고 알고 있습니다. 그래서 얼굴에 피가 튀지 않도록 깃을 높게 세워 목과 눈 아래까지를 보호하면 어떨까 싶었습니다."

빳빳한 카라가 아래턱과 목 부위를 전부 막아 줄 수 있는 형태였다.

카라는 망토처럼 탈부착이 용이한 구조이고 착용하고 있 는다고 해서 딱히 불편할 구조도 아니었다.

"투구에도 머리깃 장식은 들어가는 것을 생각하여 머리 부 분은 장식이 들어갈 수 있도록 하였고 여름철 땀을 식히기 쉽도록 쓰고 벗기 편하게 하였으나, 전투 중 벗겨지는 일이 없도록 카라와 연결되는 구조로 했습니다."

소피아는 즉석에서 분리된 모자를 다시 그렸다.

새의 꼬리깃으로 포인트를 준 중절모는 챙을 길게 빼서 비와 바람을 막았고 모자 안으로는 대나무를 짜 넣어 형태와 방어력을 더했다.

"당장 문제를 내 주시어 이렇게 디자인하였지만 모자의 형태와 장식은 각 가문의 특색에 맞게 조절해도 좋다고 생각합니다."

카일은 실로 감탄했다.

그것은 그녀가 내놓은 디자인이 완벽한 정답이라 생각해서가 아니다.

또 한번 개념을 바꾸는 생각을 했기 때문이다.

당장 투구를 만들라고 하면 얼굴 전체를 가리는 하나로 일체된 형태의 헬멧을 떠올리기 마련이다.

그게 바르테온의 기사들이 쓰는 투구이며, 투구로서의 고정관념이라 할 수 있다.

그런데 소피아는 머리 부위와 얼굴 부위가 나뉘어 있는 구조를 생각했다.

하부는 얼굴이 아닌 어깨를 기반으로 목에서부터 올라오는 솔의 형태다.

엄밀히 따지면 이것은 투구라고 볼 수 없다. 그런데 카일이 제시한 조건은 모두 부합하고 있었다.

"원래부터 생각해 두었던 것인가?"

"예복을 만들 때는 모자에 대한 생각은 하지 않았습니다. 영주님께서 여쭈시어 방금 생각한 것입니다."

창의력은 기본에서 나온다. 그만큼 수많은 것을 알고 있기에 이런 즉흥적인 창의가 발휘될 수 있다고 여긴다.

그러고 보니 소피아는 특정 가문에 소속되어 있던 옷지기가 아니었다.

여러 가문에서 일을 받는 옷지기인 외주 인력 출신이다.

"여러 가문의 특성을 살릴 지분까지 미리 염두에 둔 걸 보면 입단 이전의 경험이 많이 녹아 있는 것 같군. 몇 곳에서 일을 받아 했었나?"

소피아는 찬찬히 손가락을 세었다. 열 개가 넘어가더니 세아리는 것을 그만두었다.

"여기 귀족거리에 있는 저택 일은 거의 다 받아서 해 본 것 같습니다."

그렇다면 카일이 보았던 대부분의 귀족 의복에 소피아의 손길이 닿았다고 봐도 될 것이다.

귀족 가문의 일을 받아서 하는 처지이니 개떡같이 말해도 찰떡같이 알아들을 이해력이 필요했을 것이다.

이쪽과 저쪽의 무늬 양식이 다르고 옷을 잇는 방식이 다르니 여러 가문마다 요구되는 특색 있는 기술들을 익혔을 것이고, 어느 기사는 투박한 것을 좋아하고 어느 부인은 섬세한 것을 좋아하니 여러 디자인 또한 만져 봤을 것이다.

"그런데 저는 틀잡이라 무늬 잡는 실력이나 수를 놓는 실력이 많이 떨어집니다."

소피아는 자신이 너무 자기 자랑을 한 것 같아 일부러 말을 더했다.

하지만 겸손이 아닌 사실이기도 했다.

실제로 데양과 소피아의 봉재 실력을 비교하자면 그 비교 자체가 데양에게 실례일 정도의 격차가 있다.

그러니 그 역할을 명확하게 해 줘야 한다.

카일은 재봉사, 재단사를 원하는 게 아니라 디자이너를 원하는 것이다.

의류 문화의 흐름을 선도할 역량을 가진 그런 인재를 말이다.

"내가 지금 원하는 인재는 한 가지 분야를 깊게 알아 능통한 자가 아니라 얕더라도 넓게 알며 그것들을 경계 없이 융합시킬 수 있는 이다. 옷을 만드는 것에 갑옷의 방식을 차용한 너의 생각처럼 말이다."

카일은 그녀가 그린 스케치를 다시 돌려줬다.

"유니폼의 개념을 알 것이다. 이 풀 코튼 메일은 모든 기사단의 유니폼의 역할을 수행하게 될 것이다. 대외 활동을 하는 정무관들 또한 이 풀 코튼 메일을 지급받을 것이다. 이것이 무슨 뜻인지 이해하느냐?"

"많은 수량이 필요하다는 뜻입니다."

"그것은 일을 받아서 하는 일꾼의 생각이다. 너는 이미 설계와 도안을 짜는 지휘관의 역할을 하고 있는데 일꾼의 생각을 하면 되겠나. 다시 생각해 보라."

"다른 영지민들이 보게 되는 것을 말씀하시는 것입니까? 유니폼은 조직의 얼굴이라고 배웠습니다. 그것을 말씀하시는 것인지요?"

표현이 서툴렀지만 맥은 잡고 있는 대답이었다.

"그렇다. 이 풀 코튼 메일이 앞으로 우리 바르테온을 대표하는 대외적인 이미지를 만들게 될 거다. 이해되나?"

"네. 영주님의 의복을 만들 때도 대외 행사까지 생각하였습니다. 그것과 같은 것이라고 생각합니다."

"해서, 너에게 모든 기사 가문에 대한 풀 코튼 메일 양식을 총괄하게 할까 한다. 모든 가문의 일을 받아 해 봤다 했으니 가문마다의 특색과 고유 양식을 알 것이고, 그렇기에 중복되지 않는 세밀함을 표현하되 전체적인 통일성을 줄 수 있을 거라고 기대한다. 아니, 그것을 원한다. 할 수 있겠나?"

바르테온이란 통일된 색을 가지고 있으나 그 안에 있는 수많은 가문과 그 가문 속의 기사단들까지 각자의 개성을 가지고 있는 모습.

하여, 누가 보아도 바르테온의 것이 멋지고 세련되면서도 통일된 모습으로 결속력 있는 느낌이 나도록 하는 정무 의복. 그것이 카일이 원하는 풀 코튼 메일이다.

그러기 위해선 통일성을 위한 대맥을 잡고 있는 총괄 디자이너가 있어야 한다.

과연 소피아가 이런 부담을 감당할 수 있을까?

감당치 못할 거라면 지금 물러나는 게 옳다고 본다. 그래서 압박을 가했다.

그런데 돌아온 소피아의 대답은 열심히 하겠다의 범주를 넘어선 것이었다.

"그냥 하던 대로 하면 되는 걸까요?"

"하던 대로가 무엇을 의미하지?"

"알아서 해 오라고……. 대충 알아서 해 오라고 했었습니다. 일을 받을 때요, 가문들마다. 그냥 대충 알아서 해 오라고요."

"파하하하하."

카일은 크게 웃었다.

그 대충 알아서 해 오라는 말을 너무나도 잘 알 것 같았다.

그러니까 김 대리가 과장님이나 부장님이 시킨 일을 떠넘길 때. 그때 했던 말이 대충 좀 알아서 센스 있게 해 와 봐였더랬다.

그놈의 빌어먹을 대충 좀 알아서. 정말 눈이 깜깜해지는 주문이었는데, 그 대충 좀을 맞추려고 하다 보니 어느샌가 맞추고 있는 자신을 발견하게 되었다.

부장님이 원하는 서식과 스타일, 논조와 그래프, 참고 자료의 출처에 대한 취향을 알게 되었고, 과장님은 전문적인 단어가 많이 들어가는 대신에 대중적인 선호도에 대한 설문 조사가 백 데이터로 들어가면 프리패스라는 것을 터득했다.

그리고 김 대리 놈은 무조건 많이. 긁어 올 수 있는 모든 자료를 전부 다 때려 박아 최대한 두껍게 해 주는 걸 좋아했다.

그래야 나중에 자기가 써먹으니까.

그래, 그랬더랬다.

입사한 지 3개월 만에 인턴이었던 유성은 부장, 과장, 대리의 취향에 맞는 보고서를 쓸 수 있게 되었었다.

소피아라고 다를까.

일을 받을 때는 재단실의 실장이나 준실장급으로부터 일을 받을 거다.

딱히 크게 신경 쓰지 않고 일을 줄 것이다. 정말 중요한 일이었다면 재단실 내에서 소화할 테니 말이다.

가문의 주인들이 그다지 신경 쓰진 않지만 그래도 자신들 입장에서는 퍽 신경 써야 하는.

걸리면 곤란하지만 안 걸리면 그냥 넘어갈 수도 있는, 그런 일감.

그런 일감을 줄 때 대충 좀 알아서 해 오라고 하겠지.

그래 놓고 마음에 안 들면 다시, 다시, 다시를 외치고.

소피아도 그렇게 훈련된 것일 테다.

그리고 그 과정에서 눈 밖에 나는 일이 없었기 때문에 11단에 추천을 받을 수 있었던 것이고.

"말은 그렇게 들었지만 제가 일을 대충 하진 않았습니다. 가문 귀족분들끼리 절대 의상이 겹치면 안 되기 때문에 제 나름 신경을 정말 많이 썼습니다."

"그렇지. 특히 부인들 연회에 같은 드레스를 입은 날이면 아주 난리가 나겠지."

"네. 정말 머리털 다 쥐어뜯기는 날이에요. 그래서 그것만 큼은 정말 신경 썼습니다. 절대 겹치지 않게요."

"그러면서도 너무 튀면 안 되고. 그렇지?"

"네. 너무 튀면 우스꽝스러워지기 마련입니다. 그러면 옷이 겹쳤을 때보다 더 큰일이 납니다. 비웃음거리가 되어 버릴 거라서요."

"들어 보니 그렇구나. 늘상 하던 일이었구나."

늘상 하던 일이었다. 그러니 늘상 하던 것처럼 하면 될 것이다.

일부러 힘을 더 줄 것도, 그렇다고 덜어 낼 것도 없이. 그냥 늘상 하던 것처럼.

카일은 그녀를 총괄 디자이너로 낙점했다.

5장

－아아, 들리세요? 저 레이첼이에요.

　－잘 들리오. 공은 잘 들리시오?

　－네, 잘 들려요. 멀리 울리는 것도 없이 감도가 굉장히 좋네요.

　－그것은 앞으로 공이 개인적으로 사용하시오. 진지용으로는 따로 하나 더 올려 주겠소.

　카일은 레이첼에 산악 진지에 올라가기 전, 장거리 통신 오브가 완성되면 하나 올려 준다고 약속했었다.

　지금의 통신이 그 오브의 시험 통신이다.

　－필요한 상황이니 사양하지 않을게요. 감사해요. 영주님은 필요하신 것 없으세요? 홉스는 일 잘하나요?

　－홉스 경은 일을 아주 유능하게 잘하고 있소. 좋은 인재를 내주어서

감사한 마음이오.

　-영주님이 그렇게까지 말씀하실 정도라니 제가 홉스를 불러다 다시 물을 필요는 없겠네요.

　-그렇소, 아주 잘해 주고 있소.

　-그럼 필요한 건요? 따로 없으세요?

　-안 그래도 강철이 좀 부족할까 싶어 보충이 필요한 참이었소. 공이 욜트와 거래를 잘 텄으니 기왕이면 공을 통해 거래를 하고 싶은데, 괜찮겠소?

　-에이, 거래라니 무슨 섭섭한 말씀이세요. 얼마나 필요하신데요? 말씀만 하세요. 제가 다 내려 드릴게요.

　-얼마나 필요한 줄 알고 거저 준다 하시오?

　-저택을 가득 채울 정도는 충분해요. 영주님도 보시지 않았어요? 드워프들 창고에 철괴가 어마무시해요. 다 안 쓰는 거래서 제가 거의 떨이로 사 드렸어요. 안 그래도 창고가 부족해서 처치 곤란이라고 막 퍼 주더라고요.

　-그렇소? 그렇다 하면 나도 그 덕을 좀 보면 좋을 듯하오.

　-네. 그럼 내려 드릴게요. 지금 철구 레일은 거의 다 완성되었거든요. 1구간만 건설하면 끝이에요. 그러면 바르테온으로 바로 철구를 내릴 수 있어요.

　-그 건은 나도 1진지로부터 보고를 받았던 참이오. 보고에는 로살롯에서 추가 공사 의견을 타진했다 하던데.

　-네, 맞아요. 아무래도 1진지로 오르는 길이 관저 뒷길이잖아요. 솔직

히 통행로로 쓰기에도 마땅찮은데 그 길을 화물로로 쓰기는 더 그런 것 같아서요.

–무슨 말인지 알겠소. 그 부분은 공이 알아서 진행하시오. 나도 적극 협조하라 언질해 두겠소.

–네, 감사해요. 조만간 한번 내려갈 건데 그때 자세히 대화해요.

바르테온이 한 해의 마지막 날에 액보내기 행사를 한다면, 로살롯은 해가 바뀌는 첫날 새날맞이 행사를 한다.

로살롯의 새날맞이 행사는 한 해 상업의 길흉을 점치는 행사라 영주가 빠져선 안 되는 행사이다.

–알겠소. 그때 봅시다.

–네. 조만간 영주님께 갈게요.

–그럼 그간 무탈하시오. 혹 무슨 일 생기면 편히 연락하시오.

–네. 영주님도요.

카일은 레이첼과 만날 날을 정하고 통신을 끝냈다.

"레이첼의 성미면 철괴를 아주 쏟아부어 줄 텐데–."

카일은 강철 수급에 대한 것을 고민하지 않고 완료 체크를 했다.

물자에 대한 것을 레이첼 덕에 해결을 봤으니, 자신은 그에 대한 보답으로 기술을 이관해 줘야 한다.

그것이 계약이었다.

"바르콘 기술은 골렘 건축술에 포함되는 것이고."

사실 바르콘 기술도 분리하려거든 하나의 신기술로 분리

해서 기술이전을 할 수 있다.

하지만 로살롯에겐 그게 좀스러운 짓이라 생각한다.

이미 덤을 넉넉하게 받았으니 자신도 덤 조금 더 붙여 줘도 된다. 상대가 얹어 받은 것을 모른 척할 사람도 아니고 말이다.

다른 기술로는 통신 오브 기술과 감청 오브 기술 등등의 오브 기술들이 있다.

이 기술은 넘길 생각이 없다.

로살롯에서 아무리 많은 배려를 해 준다고 해서 금고 열쇠를 내주진 않는 것처럼, 오브와 오브 기술은 바르테온의 핵심 군사전략 기술이며 소중한 전략물자다.

아무리 혈맹이라고 한들, 이것까지 나눌 생각은 없다.

"그럼 적당한 건 마나 운용식 정도겠군."

레이첼과는 일찍이 가문 기술 교류 협약을 맺었다.

로살롯가와 지크가 사이의 협약이었지만 바르테온 3신기의 변형 기술이 칼데온을 거쳐 전수된 것이나 마찬가지이다.

전시에는 골렘 파훼를 위한 기술을 황금기사단에게 직접 전수해 주기도 했으니 마나 운용식을 교류하는 것이 알맞은 조건이라 생각했다.

'이것도 마나술식 배포와 관련된 카드로 쓸 수 있을 건데……'

"시론, 지금 스승님께서 어디 계시더냐?"

잡아들인 이적죄인들에겐 세뇌 오브를 개조한 억제 오브를 이식했다.

아무리 죄인들이라 죽이면 죽였지 정신을 조작하는 행위는 기사도에 맞지 않다는 것이 카일의 의견이었고 칼데온은 그 의견을 반론 없이 받아들였다.

그래서 세뇌 오브는 억제 오브란 이름으로 죄인들의 뒷머리가 아닌 심장 어림의 마나로드에 박혀 있다.

마나 능력을 억제하는 기능이 있긴 하지만 정신을 억제하는 기능은 없으니 칼데온의 마음으론 안심하여 둘 수가 없었다.

그래서 요즘 칼데온은 노역꾼들을 두루 살피는 일에 집중하고 있다.

노역꾼들은 일손이 많이 필요한 곳에 두루 배치했고, 특히 가장 힘든 지역인 산악 진지에 많이 배정했다.

"어르신께선 지금 1진지에 올라가 계신 것으로 알고 있습니다."

"그러면 걸어가야겠구나. 간만에 같이 뛰어 보자."

카일은 칸을 두고 시론과 함께 1진지까지 뛰어 올랐다.

평지를 뛰는 것보다 열 배는 더 힘들 텐데도 시론은 잘 따라붙었다.

카일은 일부러 속도를 더 내 봤다.

시론은 자신의 호흡 소리가 거칠어지면 카일이 자신을 배려한다는 것을 알고 있는 탓에 최대한 호흡을 안정시키는 데 집중했다.

콧김 푹푹은 푹푹 뿜어도 헥헥거리는 개호흡은 하지 않는다.

'이 녀석 마나홀이 열린 지 얼마 되지도 않았는데 벌써 마나가 자리를 잡았네.'

상당한 속도였는데도 호흡이 흐트러지지 않는 게 그 증거다.

그리고 그런 시론의 실력은 평소 시론이 항상 마나 운용에 집중하고 있다는 증명이기도 했다.

카일은 더욱 속도를 내어 칼데온을 마주했다.

"영주님, 바쁘실 텐데 친히 여기까지 올라 오셨습니까? 어차피 내려가는 길이었는데, 불러 내리시지 않고요."

"여기까지 올라오는 데 얼마나 걸린다고요."

칼데온이 카일의 어깨너머로 시론을 보았다.

얼굴이 터질 듯이 피가 몰린 채로 입으로 호흡이 픽픽 새고 있었다.

"녀석아. 가르쳐 준 것 그새 다 까먹었느냐!"

바로 핀잔이다.

"흐으읍. 죄, 죄송합니다. 흐그으읍."

시론은 이를 악물며 대답했다.

마나홀이 열리기 전엔 그저 기특한 시종이지만 마나홀이

열린 후엔 영주를 모셔야 하는 기사다.

"작위도 받은 파발수가 뜀박질도 하나 제대로 못 해서야 영주님 곁에 설 면목이 있느냐."

"죄송합니다, 어르신."

"영주님 곁에 계속 있으려거든 항상 정진하거라."

"예, 어르신."

칼데온이 카일에게 상석을 권했고 시론은 눈치껏 자리에서 물러났다.

"노역꾼들에 대한 보고 때문에 오셨지요? 문제 사항은 없었습니다."

"스승님께서 직접 감찰을 다니시는데 어느 누가 감히 딴생각을 하겠습니까. 그에 대한 것은 걱정하지 않습니다."

"오브가 말썽을 부려서 탈이 난 일도 없었습니다. 특무대에도 단단히 언질을 해 놨으니 만에 하나 사고가 발생해도 일부러 방치시켜 죽였다는 오해는 받지 않을 것입니다."

"노역꾼들은 낙원단에서 접선할 여지가 있어서 조금 신경 쓰는 편입니다."

"저도 염두에 두고 있습니다. 감청 오브란 게 쓸 만해서 넋 놓고 당하는 일은 없을 겁니다."

감청 오브는 칼데온에게도 지급되었다.

그것도 출력이 가장 좋은 최상등급품으로 챙겨 줬다.

칼데온뿐 아니라 그의 기사들이 영외지 곳곳을 돌아다니

며 수상한 자를 골라내고 있다.

영지 내외로 정보망이 충분히 작동하고 있는 셈이다.

카일은 일상적인 임무 보고는 이쯤에서 마무리하고 진짜 목적을 준비했다.

마침 시론이 곁에 있으니 시론으로 먼저 운을 떼면 좋을 듯했다.

"한데, 스승님께서 시론을 많이 챙기십니다."

"저 녀석이 충성심만큼이야 펜타소드 버금가지 않습니까. 달리기 솜씨야 기본이 탄탄하니, 마나홀만 받쳐 주면 배틀스텝에 한해서는 기대를 해 볼 만한 일입니다."

"스승님께서 기대를 하신다니, 시론의 잠재력이 대단한가 봅니다."

카일의 말에 칼데온의 눈이 가늘어졌다.

"영주님, 따로 하실 말씀이 있으십니까?"

"티 났습니까?"

"시론의 잠재력이야 저보다 영주님이 더 잘 아실 텐데, 그리 말씀을 하시는 걸 보니 말입니다. 무슨 말을 속에 두고 계시기에 이리 둘러 말씀하십니까?"

"하하하. 제가 스승님 손바닥 안에 있습니다."

"제 생각은 괘념치 말고 말씀하십시오."

"이 알량한 제자가 스승님의 적극적인 도움을 받고 싶어 이리 조잡한 수를 냈습니다."

카일이 자신의 손을 내밀었다.

"마나 운용에 대한 것입니까?"

"알고 계셨습니까?"

"일전에 영주님께서 새로운 경지에 오르셨다 들었습니다. 제가 보기에도 영주님의 마나 흐름이 전과 달라지신 듯하고요."

"말씀대로, 지금까지 경험한 마나 운용식들을 제 식대로 해석하여 몇 가지 새로운 운용식을 만들었습니다. 한번 읽어주시지요."

칼데온이 카일의 손목을 잡고 카일의 마나를 읽어 들였다.

"우선 바르테온 1식 돌파운용술입니다. 짧게 돌파술이라 명칭했습니다."

집중해서 카일의 마나를 읽던 칼데온이 눈을 부릅떴다.

단번에 돌파술의 진위를 파악한 것이다.

"위험한 술식입니다. 평정을 이루지 못한 자가 터득하면 몸을 상하게 할 운용식입니다."

"예, 그래서 자질 있는 이들에게만 전수한다는 전제를 두었습니다. 운용식 자체로는 어떻습니까?"

"감당할 수만 있다면 순간적으로 서클을 넘어선 출력을 낼 수 있는 기술임은 분명합니다. 다만, 자칫 과용하면 머리에 문제가 생길 여지가 큽니다. 이 기술은 필히 평정을 이룬 이들에게만 전수를 해야 합니다."

"효용성에선 지적할 게 없습니까?"

"영주님께서 만든 것인데 지적할 게 있을 리가요. 어느 하나를 빼면 다른 하나가 무너지는 구조라 손댈 수도 없습니다. 해당 목적에 한해서는 이 자체로 완벽한 술식입니다. 휴슬레와 챠드에겐 적기…… 이런, 시론에게도 딱 맞겠군요? 오히려 시론에게 필요하겠습니다."

"예, 시론은 이것을 과용하지 않을 평정이 있다고 봅니다."

"허허, 녀석. 서클을 가진 지 얼마 되지도 않았는데. 이 또한 시론의 복인 게지요. 영주님의 복이기도 하고요. 이런 마나술이라면 실보다 득이 크니 가용하여도 좋다고 여깁니다."

칼데온은 확인이 모두 끝난 줄 알고 손을 거두려 했다.

"아직 더 있습니다. 이것은 바르테온 1식 회복양생술입니다."

카일이 다음 마나술을 운용했고 칼데온은 다시 그 흐름에 집중했다.

"이것은-. 근원적인 마나 운용술과는 이질감이 상당합니다."

"회복 마법의 운용식을 융합했기 때문입니다. 분명 어색한 느낌이 많이 들어 익히기 쉽지 않을 것이지만 제대로 익혀 두면 웬만한 상처는 자가 치유로 회복시킬 수 있습니다."

"그렇다면 볼 것도 없습니다. 무조건 필수 수련 과목으로 넣어야 합니다. 특무대와 의사가 구비되어 있는 현 상황에서 이 기술까지 더해진다면 바르테온의 전투력이 갑절은 올라갈 것입니다."

마법을 융합시켰다고 하였는데도 긍정적이다.

누가 보아도 그 효용성이 매우 크기 때문이고, 마법을 쓴다고 해서 기사가 아닌 것이 아니기 때문이다.

"설마 또 있습니까?"

"예. 가장 큰 변혁을 가지고 올 파격적인 술식입니다. 바르테온 2식 기본마나양생술입니다."

카일은 진중한 태도로 마나 운용을 시작했다.

칼데온은 그 느리고 옅은 흐름에 이게 뭔가 싶었다가 어느 순간 두 눈을 크게 부릅떴다.

"영주님, 이것은……."

이렇다 할 특색은 없었지만, 그 특색이 없는 게 특색이었다.

표현하자면 물 그 자체였다.

그 어떤 용기에 들어가도 그 모양에 맞춰 변해지고 그 어떤 색을 넣어도 그 색 그대로 변해 버리는 물이었다.

모든 사람이 안전하게 배울 수 있는 기초 양생술이었고 양생의 정도는 크다 할 수 없었지만 그 쌓임은 일정하여 꾸준히 수련하면 재능이 없는 자도 1서클 서클오버에 준하는 마나양에 도달시킬 양생술이었다.

그야말로 완벽.

평생 마나를 수련하여 극을 이룬 마스터로서 거부할 수 있는 성질의 것이 아니었다.

그런데 만약 여기에 돌파술까지 더해진다면 어떤 결과가 나올까?

전 영지민의 마나 유저화가 불가능하지 않다.

칼데온은 카일이 한 번에 세 가지 마나 술식을 선보인 것 또한 전부 연결된 것이라 여겼다.

"이것 또한 효율의 기치에 입각하여 개발하신 것이지요?"

카일은 소피아나, 바르콘 속성 양생에 대한 것 등등 몇 가지 더 준비한 말들이 있었다.

하지만 굳이 꺼낼 필요가 없었다.

뜻대로 하시라. 칼데온의 눈은 이미 그렇게 말하고 있었다.

"완벽히 준비가 끝났기에 이리 언질하시는 것이라 알고 있습니다. 그러니 무엇이건 뜻대로 하십시오."

"영지민들이 마나 유저가 되는 것입니다. 마나 능력을 독점하다시피 한 기사들의 입지가 줄어들 것입니다. 이는 염두에 두셔야 합니다."

"영주님, 오오, 나의 주군이시여."

칼데온이 감격에 겨운 탄식으로 카일을 바라봤다.

카일은 그런 칼데온의 반응이 어색해 얼떨떨한 얼굴이 되었다.

"이 와중에도 신하들을 걱정하시는 것입니까?"

"신하들을 걱정하다니요?"

"기사들의 아쉬움을 먼저 염려한 것이지 않습니까. 평민들이 마나 유저가 되면 기사들의 권위만 희석되는 것이 아닙니다. 영주님의 권위 또한 아주 많이 희석됩니다. 그것은 걱정하지 않으시는 것입니까?"

"제가 그런 걱정을 할 건 아니지 않습니까."

"그렇다면 영주님의 후대에 대한 걱정은 하지 않습니까? 이 세 가지 양생술이 전부 보급되고 나면 얼마나 많은 고위 능력자가 나오겠습니까? 당장 10년 후, 20년 후엔 더 얼마나 많은 절대자가 나오겠습니까? 그날에 있을 영주님의 후대는 더욱더 치열하게 준비하고 경쟁해야 합니다. 이에 대한 염려는 안 하십니까?"

"스승님이야말로 신하로서 영주의 권한을 더욱 걱정해 주시는 것입니까?"

"영주님께서 아예 생각조차 하질 않으시니 저라도 해야 하지 않겠습니까!"

호통치는 칼데온의 표정에 행복이 가득하다.

"하하하하, 스승님. 너무 먼 미래의 이야기입니다. 너무 먼 미래요. 그리고 저는 제 후대에게 이보다 더 번영하고 더 큰 바르테온을 남겨 주고 싶습니다."

"예, 마땅히 그러시겠지요. 필히 그러실 거라 생각합니다."

"해서, 영지민 모두에게 이 마나술을 배포할 것입니다. 지금이 적기라고 생각합니다. 스승님께서 이렇게 기꺼워하시니 굳이 미루고 싶지 않습니다."

"예, 좋습니다. 다만 한 가지, 이것 하나만 약속해 주십시오. 이것만 약속해 주신다면 제가 나서서 평민들에게 마나술을 가르치겠습니다. 돌파술을 활용해 서클 오버까지 이끌어 주겠습니다."

"말씀 주십시오. 경청하겠습니다."

"평민들을 마나 유저로 만드시는 것은 상관없습니다. 다만 바르테안이어야 합니다."

칼데온은 간곡하면서도 단호한 어조로 말했다.

그가 이렇게 말을 하는 것은 당연히 카일이 바르테안이 아닌 사람들에게도 전수를 할까 싶었기 때문이다.

"역시 저는 스승님 손바닥 안인가 봅니다. 어디까지 내다보신 것인지요?"

"정녕 다른 영지민들에게도 이 마나술을 전수할 생각이셨습니까?"

"로살롯에는 기술이전 약속이 되어 있어서요."

"로살롯은 차치하고요. 그 외의 영지민들 말입니다."

"벤자리안을 염려하시는 것입니까?"

"예, 배포를 계획하실 때 그것을 구분 짓지 않으셨지요?"

"벤자르에 가서 전수할 생각은 없습니다. 하지만 귀화한 이들에 대해서는 차별 없이 전수를 해야 하지 않겠습니까."

"영주님, 영주님-, 효율을 따진다 하여도 득보다 실이 많습니다. 귀화하는 이들의 피가 엄연히 다른데 그들이 바르테안이 될 수는 없지 않습니까."

여기서 하나하나 단계별로 설명을 하자면 또 말이 길어진다.

그리고 칼데온은 다른 이들처럼 1부터 차례대로 설명하지 않아도 된다.

마지막을 보여 주면 그 과정을 주르륵 유추할 수 있는 사람이다.

"스승님."

"예, 영주님."

"저는 왕이 되려 합니다."

"왕요? 왕이라는 것이 무엇입니까?"

"영주들의 영주, 영주 그 이상의 영주를 왕이라고 합니다. 저에게 지금의 바르테온은 너무 작습니다. 그리고 지금의 바르테안은 너무 적습니다."

"바르테온이 작다는 건 이해가 되겠는데, 바르테안이 적다는 건 무슨 의미이십니까?"

"말 그대로 바르테안의 수가 적다는 것입니다."

칼데온은 고개를 절레절레 저었다.

"영주님께서 스스로 제 손바닥 안에 있다고 하시지만, 영주님이야말로 제 이해 밖에 계십니다."

"바르테온의 출신도 작게 따지면 그 안에 지키안이 있을 것이고 루일리안, 앵거슨이 있을 것입니다. 바르테온을 루카시스만큼 넓히면 되는 것입니다. 그러면 모든 루카시안들이 바르테안이 될 것입니다."

"오-, 그 얼마나 광오한 말씀입니까? 영주님, 지키안도 루일리안, 앵거슨도 모두 그들 마음에 바르테안이란 소속감이 있습니다. 저들에게 그런 소속감이 있겠습니까?"

"300년 전에도 그런 소속감이 있었겠습니까? 처음 바르테온이 생길 때, 그때도 그들에게 그런 소속감이 있었겠냔 말입니다. 스승님, 이제 곧 해가 바뀝니다. 내년은 신생 바르테온 왕국의 원년이 될 것입니다. 이 세상에 없었던 새로운 역사가 시작되는 것입니다."

카일은 담담히 말했다. 흥분할 것도 초조해할 것도 없었다.

계획대로 차근히 진행하면 반드시 당도할 목적지였기 때문이다.

지금 칼데온을 이해시키는 것도 그 차근히 진행할 계획의 하나일 뿐이다.

"로살롯이야 그렇다 하겠습니다. 벤자리안들마저도 바르

테안으로 만드실 수 있으시단 뜻입니까?"

"이미 바르테안이 된 벤자리안들이 있습니다."

"비슈 공을 말하는 것입니까?"

"그녀 외에도요. 골렘술사들 모두가 저에게 충성을 맹세했습니다. 인종이 같아도 문화가 다르면 융화될 수 없으나 인종이 달라도 문화가 같으면 이웃이 되고 가족이 될 수 있습니다."

"문화는 강요한다고 되는 게 아닙니다. 마음으로 숭상하여 따라야 가능한 것인데, 그것이 어디 쉽겠습니까?"

"평민도 마나술을 배울 수 있는 문화라면 숭상할 만하지 않습니까."

"아아ㅡ. 그것들이 서로 엮여 있는 것이군요. 으음ㅡ. 솔직히 저는 그것의 효율을 가늠할 수가 없습니다. 어렵군요. 영주님은 그것이 전부 보이는 것이지요?"

"예. 그렇습니다. 확신합니다."

"좋습니다. 그렇다 하시니 따르겠습니다. 신하로서 영주를 거역할 수 없음이고, 스승으로서 제자의 신념을 응원하겠습니다."

"감사합니다, 스승님. 이런 큰일에 스승님의 동의가 없으면 마음 편히 진행할 수 없을 것입니다."

"단, 이것 하나는 양보해 주시지요. 아니, 이것만큼은 양보해 주십시오. 효율의 기치에 위배되지도 않는 사안입

니다."

카일은 이번만큼은 웬만한 것이 아닌 이상에야 무조건 들어줘야겠다 여기며 고개를 끄덕였다.

"예, 스승님. 경청하겠습니다."

"오브를 사용하는 모든 조직을 영주님의 직속 휘하에 두십시오."

"술사단이야 어차피 제 휘하이고 노역꾼들도 제가 휘하로 넣어도 되겠군요."

"다른 오브들도 모두 셈하셔야지요."

"다른 오브라고 하면 통신 오브와 감청 오브 정도입니다. 그 둘은 너무 광범위하지요. 통신관과 정보단을 전부 포함하는 것인데요."

통신관은 상행단과 벤자르행 정기 선단에 포함되어 있다.

그 외에 산악 진지와 외부 활동을 하는 기사단에도 속해 있다.

기사단의 단원 중 통신 오브를 담당하면 편히 통신관이라 부르는 편이다.

그리고 감청 오브는 펜타소드 가문에 주로 배포되어 있다.

그 정보관에는 13세대 후계들도 포함된다.

"예, 그 전부를 휘하에 두라는 말입니다."

"정보단에는 13세대 후계들도 있습니다. 그들을 제 직속 휘하에 두면 그 아버지들인 펜타소드와 묘한 거리감이 생길 수도 있습니다."

"해서 승낙하지 않으실 참입니까?"

"승낙하지 않겠다는 건 아닙니다. 약속이니 승낙해야죠. 다만 부작용에 대해 말씀드린 것입니다."

"그 부작용 또한 모두 감당하실 수 있지 않습니까."

물론 감당할 수 있다.

그리고 필요한 일이기도 했다.

왕이 되기로 한 이상 중앙집권적인 절대왕정을 이뤄야 한다.

자신을 기점으로 그 이전 세대는 왕정 이전 세대라 할 수 있다.

자신의 직속 휘하로 부리는 이들과 함께 왕국을 건설해야 그 이후의 정국이 평탄해진다.

칼데온도 그것을 내다보고 바로 지금이 세대교체의 때라고 말하는 것이다. 아니, 칼데온은 이미 이전부터 세대교체에 대한 언급을 지속적으로 해 왔었다. 이젠 정말 해야 할 때라고 강조하는 것이다.

"알겠습니다. 그리하겠습니다. 오늘 시간 이후로 모든 힘의 균형과 조직을 영주 중심으로 개편해 가겠습니다. 펜타소드들이 서운해할까 모르겠네요."

"그이들은 영주님 덕에 숙원을 이뤘지 않습니까. 그리고 자신의 후대가 영주님의 최측근이 되는 것이니 크게 아쉬워

하지 않을 것입니다. 아니면, 저와 함께 소일거리나 해도 되고요."

펜타소드가 이걸 문제 삼는다면 자신이 직접 나서서 잡도리를 하겠다는 말이나 다름없다.

"예, 스승님. 그러면 당장 야간 훈련부터 재개해야겠습니다."

"말 나온 김에 같이 내려가시지요. 어차피 저도 내려갈 참이었습니다."

"내려가면서 야간 훈련 계획을 함께 구상하죠."

"그러시지요."

카일이 앞장섰고 칼데온은 카일이 보는 곳과 같은 곳을 보며 뒤따랐다.

❖

똑똑똑—

"영주님, 훈련 집합 완료되었습니다."

란돌이 집무실 뒷문을 노크하며 말했다.

"알겠다."

카일은 답하며 훈련장으로 나갔다.

한쪽에 일단의 무리가 오와 열을 맞춰 도열해 있었다.

제일 선두엔 13세대의 중추들이 서 있었다.

저들은 아직 편제 개편이 공식화되지도 않았는데 벌써 부터 친위단이란 이름으로 저렇게 뭉쳐 다녔다.

같은 세대라서 그 이전부터 뭉쳐 다닌 것도 맞긴 하지만, 저렇게 통일된 복장에 집단행동을 한 적은 없었다.

자신들이 친위대로서 다음 세대의 주역이란 걸 아주 보란 듯이 티를 내는 거다.

"영주님께 대하여, 받들어 충!"

"충!"

그들이 란돌의 예령에 맞춰 검을 들어 함께 경례했다. 이 것도 저들 마음대로 하는 것이다.

이전이었다면 하지 말라 제지했겠지만, 계획한 방향과 일치하는 부분이 있어서 그냥 두고 있다.

"그래, 시작하지."

카일의 대답이 있고 나서야 친위단원들이 비탈진 훈련장으로 올라갔다.

그 자리엔 12세대 귀족들이 이미 자리하고 있는 중이다.

카일은 단상에서 전체적인 흐름을 조명했다.

확실히 친위단의 기세와 기운이 어딘지 도를 넘는 게 느껴진다.

앞선 12세대 정무관들의 훈련 영역을 미묘하게 침범하려한달까.

젊은 혈기라고 좋게 보아 넘어가기엔 건방지다고 읽힐 부분이 없지 않았다.

하지만 12세대 정무관 중 그들에게 대놓고 지적을 하는 사람은 없었다.

그들이 친위단이기 때문만은 아니다.

칼데온의 말처럼 12세대는 자신들의 숙원을 달성했다.

결승점을 향해 내달린 선수가 골문을 넘어서고 나면 속도가 줄어드는 것은 당연하다.

그리고 펜타소드의 중심이라 할 수 있는 모즈와 챠드가 부재중이다.

그 둘은 총독관에 있어서 근 시일 내에 복귀할 수도 없다.

액보내기 행사 때도 좀 애매하고 내년 신년식 때나 한번 복귀할까 싶다.

이러한 흐름을 보면 세대교체는 어차피 자연스러운 흐름이긴 하다.

그래도 어딘지 급하게 밀어내는 것 같은 기분이 드는 것도 사실이었다.

물론 인제 와서 무를 일은 아니다.

그저 저들에게 다른 식으로 조금 더 신경 써 주면 될 일이다.

카일은 저들을 눈여겨 살피다 휴슬레를 불렀다.

"부르셨습니까."

"보아하니 개인 수련보다 유독 니켈에만 신경 쓰는 듯하여서 말이오."

"아, 보셨습니까."

"훈련에 흥미가 돋지 않는 거라면 마음이 동할 만한 기술을 엿보여 줄 수도 있소만."

마나 운용술에 대한 것은 아직 대외적으로 알리지 않았다.

편재 개편을 먼저 가닥을 잡은 후에 진행하기로 칼데온과 약속했기 때문이다.

다만, 돌파술이라 말하지 않고 어느 정도 단초만 보이는 정도는 해 줄 수 있는 일이다.

"괜한 염려이십니다. 제가 니켈에 집중하는 것은 저 녀석이 좀 유별나기 때문이었습니다."

"유별나다니? 특별히 신경 써야 할 부분이 있는 것이오?"

"성격적인 것도 그렇고, 능력적인 것도 그렇고, 일반적이진 않더군요."

휴슬레는 머쓱하게 웃어 보였다. 어딘지 힘에 부친다는 느낌이었다.

카일은 니켈을 보았다. 휴슬레를 보고 있는 니켈의 얼굴에서 분노가 읽힌다.

권위에 굴복하고 있고 그것에 분노하고 있지만, 당사자에게 표출하진 못하고 있다.

그런데 웃긴 것은 휴슬레가 아닌 다른 사람들은 그 얼굴을 고스란히 볼 수 있다는 것이다.

카일마저도 말이다.

아무리 나이가 어리다고 해도 법사장의 위치에 있는데 저 정도면 눈치가 없는 게 아니라 정신이 어떻게 된 것이다.

맞다. 정신이 어떻게 된 거다.

니켈은 비슈와 비슷한 상태였다. 별낙원 마나술의 부작용이다.

"속이 많이 상했겠소."

"저야 야생마 하나 잘 길들여서 영주님께 진상한다 하면 되는데, 되레 안사람이 성화더군요."

휴슬레는 제법 편히 이야기했다.

그러고 보면 그의 눈에서 독기가 많이 빠졌다. 전쟁이 끝난 이후부터다.

"앵거 부인께서? 어찌 그렇소?"

"저 녀석에게 하는 것 반의반만큼이라도 제 자식들에게 해 보라 하더군요. 하하하, 남의 새끼나 품에 끼고 돈다고 어찌나 타박을 하든지."

휴슬레는 허허 웃었다.

그러고 보면 이 자리에 앵거의 후계들도 함께 있다.

휴슬레의 장남인 아두인이 휴슬레를 바라보다 카일과 눈이 딱 마주쳤다.

아두인은 머쓱하게 고개를 숙이곤 등을 돌렸다.

앵거 부인이 왜 핀잔을 주는지 알 만했다.

"성격적인 부분은 알겠는데, 능력적인 부분은 어떻소? 지금 보기에 딱히 특이한 것은 보이지 않소만."

"겉으로 드러나는 특징이 아닙니다. 니켈의 특이점은 마나홀의 회복력입니다. 더 정확하게는 팽창력이라고 해야 할까요. 뭐라고 딱 정의 내리기 어려운 복합적인 특성을 가지고 있습니다."

"그렇소? 해서 더 공을 들이고 있나 보오."

"잘만 키우면 영지에 큰 보탬이 될 것입니다. 그래도 이제 자기 기분에 안 맞는다고 난동을 피우진 않으니 조금만 더 다듬으면 얼음방 채우는 일 정도는 맡길 수 있을 것입니다."

"얼음방? 하하하. 저런 고위 능력자를 데려다 얼음이나 채우라 하면 되겠소?"

"겨울 얼음이야 거저 준다지만 여름 얼음은 소금값이지 않습니까. 농사짓는 마법사들도 있으니 얼음 짓는 마법사도 하나 있어야지요. 하하하하."

"알겠소. 하면 지금부터라도 옆에 두고 얼음이나 얼리라 해야겠소."

"지금부터요? 아직 가르친 게 많지 않습니다. 가용하시기 불편한 점이 많을 것입니다."

"이러나저러나 내가 써야 할 사람 아니오. 마침 마나홀이 특별하다 했으니 지금 곁에 두어야겠소."

"당장 쓸 용도가 있으신 게지요?"

"그렇소. 내가 부리겠소."

"그러시다면 알겠습니다. 하온데, 주의가 많이 산만합니다. 성격 자체가 그런 것 같으니 양해 부탁드립니다."

얼핏 보면 아들의 첫 입관을 부탁하는 아버지의 모습이라 착각할 만한 어조였다.

시종일관 이런 태도였다면 앵거 부인의 타박은 잔소리가 아니라 서운함이었을 게다.

하루빨리 떼어 내는 게 피차 좋지 싶다.

"니켈, 이리 와 보거라! 영주님께서 보자하신다!"

"뭘 또 보잔다고ㅡ."

니켈은 자기 목소리가 들리는 줄도 모르고 투덜거리며 다가왔다.

"부르셨습니까."

"제대로 인사 올려라. 분명 가르쳐 줬을 텐데."

"영주님을 뵙습니다. 니켈입니다."

니켈은 삐뚤어진 자세로 인사를 했다. 일부러 그러는 거다.

"제대로 하지 못하느냐? 어느 안전이라고 건방이냐!"

휴슬레가 역정을 냈다.

사정을 몰랐으면 어디 하나 분질러 놓고 시작했을 텐데, 정신이 온전치 못한 것을 알고 있으니 조금 더 인내를 두자 싶다.

"휴슬레 경, 되었소, 내가 보겠소. 자리로 가시오."

카일은 그런 휴슬레를 물렸다. 휴슬레가 읍하고 물러났다.

"앞으로 계속 얼굴 마주해야 하는데, 첫인상이 좋으면 좋지 않겠나?"

카일은 니켈을 지그시 바라보며 얼렀다.

니켈은 삐딱하게 집고 있던 짝다리를 슬금슬금 바르게 짚었다.

"방금 저 죽이려 했죠?"

니켈은 성히 붙어 있는 목을 어루만지며 물었다.

"눈치가 아주 없진 않군."

뇌 기능적으로 분노를 조절하지 못하는 병이 있는 건 아닌가 보다.

조금 까불거리는 수준인 것이니 적당히 받아 주면서 해도 되겠다 싶다.

카일은 살기를 거두었다.

"바르테온 생활은 어때? 살 만한가?"

"그럭저럭 살 만합니다. 앵거 가주가 저를 무슨 귀한 망아지 다루듯이 하는 것만 빼면요."

"그래, 귀한 망아지지. 앞으로 내가 널 타고 다닐까 하는데. 괜찮겠냐?"

카일의 말에 니켈은 잔뜩 목을 움츠렸다.

"영주님이 저보다 덩치가 크신데 저를 타고 다니면 발이 땅에 끌릴 겁니다."

"발이 끌리는 것이야 내 소관이지."

카일은 니켈을 가까이 오라 손짓했다. 그 손짓을 알아들어 놓고도 슬슬 눈치를 보며 가만히 있는다.

카일은 대번 살기를 뿜었다. 그러니 그제야 순순히 말을 듣는다.

매를 버는 녀석이다.

오히려 좋다.

매를 대신할 만한 다른 것이 있어서 말이다.

"거기 앉아라."

"업힐 겁니까?"

"오냐. 업힐 거다."

"영주님도 참 개구쟁이입니다. 어렸을 때 구레나룻 좀 뜯기셨지요?"

니켈은 꼭 한마디 더 주절거린 후 시킨 대로 단상 난간에 앉았다.

카일이 니켈의 등에 손을 올리고 마나를 주입했다.

"꾸엑ー!"

니켈은 돌 맞은 개구리처럼 푹 짜부라졌다.

게거품을 물며 아등바등했지만 니켈의 마나홀은 그 압력을 잘 버티고 있었다.

카일은 마나를 더욱더 많이 밀어 넣었다.

마나홀이 두 배는 부풀어 올랐다.

그 압력에 내장이 전부 밀려 올라갈 정도였지만 마나홀은 찢어지지 않았다.

카일은 니켈의 마나홀이 세 배가량 부푼 것을 확인하곤 마나를 거두었다.

니켈의 눈동자가 돌아가려 해서이지 마나홀이 깨질 것 같아서는 아니었다.

통상적으로 한계치의 1.5배 정도를 버티면 압력을 잘 버틴다고 하는데, 니켈의 수준은 압력을 버티는 게 아니라 정말 마나홀이 팽창하는 수준이었다.

확실히 특이한 마나홀이었다.

이번에 야간 훈련을 재개한 이유 중에는 마나 술식들을 배포하기 전에 충분한 시험을 하기 위함도 있다.

첫 시험은 다른 사람 여럿 고를 것 없이 니켈 하나만 해도 차고 넘칠 듯했다.

'휴슬레 경의 선택이 옳았군. 잘 키울 것도 없이 당장 주춧돌로 써도 될 인력이다.'

카일은 바르테온을 사랑했다.

진심이다.

처음에는 영주라는 직을 수행했고 자신의 이름으로 진행하는 과업들을 성공시키는 즐거움이 큰 원동력이었다.

그런데 지금은 바르테온에 대한 애정과 사랑이 남다르다.

그 어디를 봐도 자신이 가꾸지 않은 곳이 없는 자신의 영지이기 때문이다.

이 세상의 모든 좋은 것은 전부 가져와 바르테온에 정착시키고 싶은 게 솔직한 욕심이다.

그래서 니켈도 탐난다.

지금은 작은 씨앗 한 톨이지만, 잘 가꾸고 키우면 충분히 기둥이 될 거목으로 자랄 것이다.

더욱이 바르테온은 기사 병력에 비해 마법 병력은 특수 병과라고 봐야 할 정도로 그 규모가 작다.

더 부강해지기 위해선 마법사를 대거 육성해야 한다.

바르테온 내에서 마법사를 기르는 것도 당연하지만 그것만으로는 모자라다.

외부에서 받아들여야 한다.

비슈가 상징이 되어 벤자르의 골렘술사들을 끌어왔던 것처럼, 니켈 또한 아슬란의 마법사들을 끌어 오기 좋은 상징이 될 것이다.

니켈 하나 잘 키우면 거둘 수 있는 이점이 줄줄이 딸려온다.

"영주님, 저한테 왜 그러세요. 그냥 싫으면 싫다고 하세요. 추방하시면 되잖아요. 전쟁도 이겨 놓고 이렇게 사람 괴롭히세요?"

입을 조잘조잘 떠들어 대면서도 눈동자를 대굴대굴 굴려

가며 눈치를 보고 있다.

살기를 살피는 것이다.

입을 가만두지 못하는 녀석이니 속에 다른 꿍꿍이 품고 있진 않을 듯싶다.

차라리 이런 성격이 속 편히 달고 다니기 좋다.

조잘거리는 소리에 귀가 따가우면 엉덩이 한번 차 주고 끝내면 그만이다.

"내일부터, 아니 오늘부터 내 시종으로 임하라."

카일은 니켈을 그대로 시종으로 배속시켰다.

바로 메이를 불러 숙소를 잡아 주고 저택 생활 규범을 숙지시키도록 했다.

물론 그 과정에서 니켈의 조잘거림은 반영되지 않을 것이다.

카일은 계속 연단에 서서 니켈 다음 순번으로 마나술을 전수할 인재들을 골랐다.

"영주님, 1부 수업 종료 시간입니다. 아고르를 진행해도 되겠습니까?"

"진행하라."

"예. 1부 수업은 여기까지 한다! 아고르다!"

란돌이 크게 외쳤다. 아고르가 진행되었다.

"영주님, 모처럼 함께하시겠습니까?"

칼데온이 다가오며 함께하길 권했다.

"그러지요."

카일은 적당히 음식을 챙겨 칼데온과 마주 앉았다.

"분위기가 많이 바뀌었지요?"

적당히 배를 채웠을 즈음, 칼데온이 먼저 입을 열었다.

"조금 빠르지 싶습니다."

"저이들도 자각하고 있는 게지요. 숄을 꺾음으로 인해 자신 세대의 마지막 과업을 완수했음을요."

"그렇지만 모든 의욕이 사라졌다고 보진 않습니다."

"그렇습니까?"

"스승님도 그렇지 않습니까. 저들도 똑같은 마음입니다."

"저와 같은 마음이라고요?"

"영지를 사랑하는 마음이지요. 그리고 영지를 번영케 하고자 하는 욕심이고요."

"어허허. 그야 바르테안이라면 당연한 것 아닙니까."

"네, 당연한 것이에요. 그러니 세대가 바뀌었다고 해서 저들의 역할을 거둬들일 이유가 없다는 거지요. 지금 스승님께서 관직이 없는 상태에서도 이렇게 영지 일을 봐주시는 것처럼요."

볼트령이 몰락했다. 그 외에 연판장에 이름이 적힌 영지들 모두 정상적인 영지 운영이 불가능한 상태다.

그런 영지의 영지민들이 영도 바르테온으로 몰려오고 있다.

이전부터 바르테온에서 이주민을 모집한다는 공고를 올려 두었던 덕에 자연스럽게 이어진 결과였다.

지금 당장은 주택이 부족해서 그들을 양껏 수용하지 못하고 있지만, 결과적으론 전부 수용하게 될 것이다.

그러면 아무리 복층 주택을 활용해도 그 인구 전부를 바르테온 성내에 둘 순 없다.

온 부지를 빡빡하게 집으로만 채울 순 없으니 말이다.

영지를 확장하거나 위성도시를 만들어 배분해야 한다.

마침 영지 북남부로 대규모 농경지를 개간하고 있다.

그곳에 농부 마을과 함께 물류 이동을 담당할 거점 마을들을 건설하고 있는데, 지금 상황과 맞물려 위성도시급으로 확장시키면 된다.

당연히 정무관이 필요할 것이다.

카일이 여기까지 이야기를 하니 칼데온은 또 손주 보는 할아버지의 얼굴이 되었다.

칼데온은 내심 모든 정무관들까지도 전부 13세대로 교체해야 세대교체가 끝난다고 생각했다.

당연히 그 과정에서 지금의 정무관들은 자신의 업을 잃게 될 것이다.

그 부분에 대해선 크게 신경을 쓰진 않았다.

기사가 퇴직하고 나면 스스로 심신을 수양하며 가문의 후학들을 돌보는 역할을 하면 되기 때문이다.

그런데 카일이 다시 저들의 자리를 준비해 놓았다고 했다.

제자를 보는 스승으로서는 그 마음이 참으로 기껍지만, 영지를 생각하는 지크의 가주로서는 염려가 가시질 않는다.

"저들이 저와 같은 마음이면 관직이 없다 해서 일을 못 하는 게 아닐진대, 영주님께선 참 살뜰히 챙기십니다."

"스승님께서야 저를 위해 스스로 퇴직하신 것이고 저들은 파직당하는 것인데 같을 수가 없지요. 그리고 능력과 깨달음의 깊이도 다르고요. 같을 수 없습니다."

"이왕 하는 것 새 술은 새 부대에 담아서 가는 것이 좋을 것인데-. 영주님께서 이리 살뜰히 챙기시니 제가 달리 나서면 안 되겠습니다."

"설마 개인적으로 불러다 퇴직하라 하셨습니까?"

칼데온의 성격이면 정무관들을 하나하나 불러서 이제 그만 물러나라 압력을 가했을지도 모른다.

아니, 지금까지 보아 온 칼데온의 행적이라면 분명 그리했을 것이다.

"그리 대우할 이들은 아니지 않습니까? 스승님, 그러지 마십시오."

"지금이야 모르지만 향후 백 년, 이백 년 후엔 또 다른 차일드 가문이 나올지 모를 일입니다. 영주님이시니 이번 전쟁을 감당했지, 아니었으면 위험했습니다. 왕이 되신다 하셨지요?"

칼데온의 눈빛이 착 가라앉았다. 진중한 태도다.

"예, 그러하였습니다."

"집안 살림 하나 건사하는 데도 많은 힘이 필요합니다. 그 집안이 커지면 커질수록 눈에 보이지 않는 곳까지 그 힘이 미쳐야 탈이 안 나는 법이지요. 그러려거든 더 큰 힘이 필요합니다. 영주의 권력으론 제후령까지도 힘이 잘 미치지 않습니다. 그럴진대, 루카시스의 대영지들을 전부 아우르는 영주 그 이상의 영주는 얼마나 큰 힘이 있어야 하겠습니까?"

카일은 칼데온이 왕이 되겠다는 자신의 말을 깊고 깊게 생각하였구나 느꼈다.

그리고 그 깊은 생각 끝에 그가 어떤 결론을 만들어 냈는지도 알 것 같았다.

절대 왕정.

분산되지 않고 하나로 집약된 힘.

카일도 언젠가는 이루어야 하는 일이라고 생각했다.

정점에 오르고자 마음먹은 이상 그리하는 것이 수순이라고 여겼다.

다만 그 시점이 지금은 아니었고 그 방법이 강제력을 동원하는 것 또한 아니었다.

항상 교화만을 하겠다는 것은 아니다.

적이라면 당연히 참하여 멸할 것이다.

그런데 같이 정국을 살핀 신하들이다. 충성으로 따른 이들이다.

개국 이후에 개국공신들이 가장 큰 걸림돌이 된다는 것도 역사를 보아 알고 있다.

하지만 당장 별문제가 발생한 것도 아니고 오히려 아직도 자신의 자리에서 열심히 일하려는 사람들을 찍어 내야 한다는 것은 좀처럼 마음에 와닿지 않았다.

"그 큰 권력은 그만한 견제가 있어야 하지 않습니까."

"그것은 스스로를 검열할 줄 모르는 군주에게 하는 것입니다. 영주님은 끊임없이 스스로를 검열합니다. 필히 그 왕이란 존재의 정치체제 또한 왕을 견제하고 검열하는 여러 장치가 마련되어 있을 것입니다. 영주님이라면 그것을 먼저 생각하셨을 게지요. 그러니 저는 다른 것을 덜어내려 하는 것입니다."

칼데온의 기도가 차분히 가라앉아 있었다.

처음 사직을 청하던 그의 모습과 똑같았다. 이것이 그의 신념이다.

"영주님."

"예, 스승님."

"영주님은 적에게 모진 것만큼이나 자신의 사람에게 자애롭습니다. 영주님 스스로는 하시지 못합니다. 그러니 제가 있을 때 해야 합니다. 도살검은 도살의 역할이니, 용도에 맞게 쓰시면 그뿐입니다."

"도살이라니요. 스승님을 그리 생각하지도 않고, 그 누구도 도살당할 잘못을 저지르지 않았습니다."

"평민에게도 차별 없이 마나술을 제공하는 영지라면 마음으로 숭상하지 않겠냐 하셨지요?"

이민자들도 바르테안이 된 것이니 마나술을 차별 없이 배포하겠다고 할 때 했던 말이다.

"예, 그리 말했습니다."

"본디 신하의 권력은 영주에게서 받은 것입니다. 그것을 다시 돌려놓으라 했을 때, 신하들은 자신의 진정한 충심을 대면하게 될 것입니다."

칼데온이 실행해 보면 결과를 확인할 수 있다는 똑같은 논지로 반격을 했다.

이건 어떻게든 자신의 의지를 관철시키겠다는 표현이나 마찬가지였다.

여기서 고집을 피우려거든 명령을 내려야 한다.

그래선 안 된다.

칼데온의 위신과 영향력을 떠나서, 그가 바라보는 목표가 자신과 같기 때문이다.

자신이 먼저 내비친 목표를 깊이 살핀 후 같은 방향을 향하자는 뜻을 반대해서는 안 된다.

"영주님, 제 뜻을 바로 이해하시지요?"

칼데온의 눈매가 가늘어졌다. 옅은 살기가 내비쳐진다.

이제 와서 흔들리지 말란 뜻이다.

너를 믿고 여기까지 온 자신의 선택에 의심 들게 하지 말란 외침이기도 했다.

카일은 순간 정신이 바짝 들었다.

칼데온의 그 시선이 볼트 일파에 둘러싸여 보냈던 시절의 기억을 떠올린 탓이다.

"이런. 저 또한 전쟁이 끝났다고 순간 나태해졌나 봅니다. 제 삶 자체가 전쟁 속이었던 것을."

"세상을 바꾸고자 하시면 가장 가까이 있는 이에게마저 외면당할 수도 있는 일입니다. 영주님도 그것을 알기에 매번 저를 그리도 설득하는 것 아닙니까."

부정할 수 없는 사실이다.

그 어떤 것이라도 칼데온이 손을 들어 주면 전부 따르게 할 수 있다.

그래서 위험한 안건에 대해선 항상 그를 먼저 찾았다.

"모두를 일일이 설득할 순 없습니다. 설득 없이 만들어진 권력은 오만하지만 설득만으로 만들어진 권력은 옹색합니다. 영주님의 치세에서 설득은 이미 차고 넘치시니, 이젠 그 힘의 비중을 높이셔야 할 때입니다."

칼데온은 진정한 충신이다. 그리고 진정한 지크다.

지크는 바르테온 영주 일가에 충성하지 않고 바르테온 그 자체에 충성한다.

그러니 지금은 시험이다.

검을 견주어 보자 했던 그때의 그 시험과 같다.

"스승님께서 진정으로 바르테온을 위하여 하시는 말씀인 줄 진정으로 이해하였습니다. 이번 신년식 때. 그때 모든 것을 일거에 진행하겠습니다. 세 달이 남지 않았습니다. 지금 계획하신 바는 그 이후에 행하십시오. 공의 직이 없다곤 하나 그 권력 자체를 영주에게 받은바, 설득하지 않고 권력으로 명령하니, 따르십시오."

카일은 담담히 대답했다.

그 모습에 칼데온이 부르르 어깨를 떨었다.

영광된 기회를 주겠다며 자신에게 검을 겨누었던 그때 그 모습 그대로였기 때문이다.

"예. 그러시면 족합니다. 신하는 따르겠습니다."

야간 훈련이 끝났다.

훈련이 끝날 때까지 카일은 니켈의 다음 순위를 정하지 못했다.

칼데온의 말이 머릿속에 계속 맴돌았기 때문이다.

귀족들은 근본과 태생을 중시한다.

근본 있는 가문 태생의 기사님이 그럴 리 없다는 믿음은 믿는 자에게는 안심을 주고 믿음 받는 자에게는 규약이 된다.

태생이 노비인 자는 후일 왕이 되어도 그 열등감을 떨치지 못하고, 태생이 왕인 자는 몰락하여도 그 오만함을 버리지 못한다.

칼데온은 그런 부분을 말한 것이다.

왕이라는 새로운 정치체제를 시작하려 하는 것이니, 그 시작에 태생부터 신하인 이들로만 채우라는 것이다.

함께 이룩한 동료가 아닌, 명령을 따르는 부하들로만 꾸려 그들의 힘이 아무리 커진다 하여도 그 태생을 뛰어넘지 못하게 하란 뜻이었다.

이것은 국가 체계에 대한 시스템을 그에 맞게 구축하란 의미와 같았다.

'스승님은 내가 행한 것을 모두 공유했고 모든 것을 이해하고 계시다. 그리고 항상 이 모든 것을 두루 살피셨다.'

지금까지 카일은 기존의 질서를 어지럽히는 선택들을 해왔다.

그 모든 것이 백성들을 위한다는 명목이었고 옳은 것을 행한다는 명분이 있었기에 모두 그 뜻에 수긍하여 잘 따라왔다.

하지만 지금이 어떠한 분기점이다.

바르테온에 벤자리안이 들어오면서부터.

바로 그것으로 지금까지 무결했던 명분의 무결성이 깨져 버렸다.

그럼에도 자신은 스스로의 노선을 고수했다.

이 부분은 칼데온도 예상하지 못했을 것이다.

여기서 상황이 바뀐 것이다.

그땐 되지만 지금은 안 되는 상황이 되어 버린 것이다.

그러니 이젠 방법을 바꿔야 한다고 깨우쳐 준 것이다.

카일은 노드 시스템을 활성화시켰다.

영지에서 진행 중인 모든 과업을 업로드하고 해당 과업들의 상관관계를 정리했다.

이전 버전에 비해 많은 것이 급진적으로 뒤바뀌었다.

신규 건축 기술이 반영된 효과다.

"내 입으로 그렇게 변혁이라 해 놓고는 진짜 변혁을 대하는 자세로 하지 않았구나."

눈 깜짝하면 풍경이 변할 것이다. 그것 자체로 혼란이다.

아무리 설명을 해 줘도 모두가 그 당장의 혼란을 이해하고 수용하긴 어렵다.

그럴 땐 차라리 소란 떨지 말고 가만히 기다리라고 명령하는 게 더 효과적일 것이다.

그리고 계속되는 혼란이 연속으로 이어지는 것부터가 안정되지 않는 불안감을 연결해 가는 것일 수도 있다.

큰 충격을 잘게 쪼개서 넘기는 것도 방법이지만, 한 번에 크게 아프고 빠르게 안정화를 시키는 것도 방법이다.

지금 상황에선 후자가 더 효율적이란 느낌이 강했다.

카일은 모든 계획을 다시 조율했다.

✳

"영주님, 시찰 준비를 끝냈습니다."

시론의 알림에 카일이 밖으로 나갔다.

시론 옆에 니켈이 영 뚱한 표정으로 같이 서 있었다.

그리고 시론도 불편한 얼굴이었다.

내색을 하지 않으려 하지만 니켈이 불편한 티가 났다.

오만 가지 생각이 다 드는 얼굴이다.

그중 가장 큰 감정은 불안감이었다. 자신의 자리를 빼앗길 수 있다는 불안감 말이다.

카일이 사람 거두는 데 거부감이 없고 능력을 중시한다는 것을 지금까지 쭉 보아 왔기에 시론의 그런 불안감은 더욱 컸다.

카일은 이번엔 시론의 그 불안감을 설명으로써 풀어 주려 하지 않았다.

지금 시론의 모습이 바르테온의 투영이나 마찬가지였기 때문이다.

열등감에서 만들어진 불안감은 위로로는 풀어지지 않

는다. 스스로 극복해야만 진정으로 해소시킬 수 있다.

지금 상황을 생각하면 시론에게 좋은 자극이자 기회다.

카일은 니켈에게 마나술을 시험하여 시론에게 적용하고자 계획을 세웠다.

지금과 같은 시론의 의지라면 잘 따라와 줄 거라 믿는다.

"오늘은 일이 많다. 서두를 것이다."

"예, 영주님!"

"니켈, 오늘 너의 역량을 시험할 것이니 잘 따라붙어라."

시론이 고삐를 꽉 움켜쥐었다. 말 몰이에서 절대 뒤처지지 않겠다는 의지가 담뿍이다.

"그럼 가자."

"핫! 칸 속보로 가자!"

시론의 구령에 칸이 바로 속도를 냈다.

"아니 누구 빠져 죽었어요? 시찰인데 왜 그렇게 빨리 가요!"

니켈은 악 소리를 지르며 따라붙었다.

입은 불평을 해도 몸은 전력으로 뛰고 있다.

시론은 안정된 호흡으로 흔들림 없이 속도를 맞추고 있는 반면, 니켈은 헥헥거리며 마나를 쥐어짜 달리는 중이었다.

그래도 속도가 처지진 않는다. 5서클 마나홀 값은 한다.

카일은 순식간에 바르테온강에 당도했다.

강 건너편으론 오늘도 주택이 줄줄이 올라가고 있다.

당장 혹한의 겨울을 나기 위한 목적으로 일률적으로 찍어 내는 주택이라 속도가 빠르다.

하지만 바르테온 다리는 아직 끊어진 그대로다.

골렘 건축술을 시험한다고 만들었던 다리 일부만 혼자 남아 있는 상태였다.

"헥헥, 헥, 아이고 죽겠다."

"강변으로 내려가겠다."

카일은 니켈이 호흡을 다스릴 시간을 주지 않고 이동했다.

니켈의 마나홀에 마나가 가득한 것을 알기 때문이다.

니켈이 호흡이 가쁜 것은 몸이 힘든 것이지 마나홀이 부족한 게 아니다.

강변을 따라 살얼음이 얼어 있다.

해가 바뀌고 첫 번째 보름달이 지나고 나면 진짜 겨울이 온다.

그때는 바르테온강이 꽝꽝 얼 정도로 날이 추워진다.

그리고 그때가 얼음을 채취하는 기간이다.

즉, 앞으로 날이 더 추워진다는 거다.

"니켈, 일전에 루카시스강을 얼렸던 기술을 보았다. 그게 너의 최선이냐?"

"그건 그냥 맛뵈기였죠. 얼음이 깨져 버려서 더 못 한 거지 하려거든 더 할 수 있었어요."

그때 니켈이 순식간에 얼린 얼음의 두께가 30센티가 넘었었다.

비록 선착장 주변의 일부 반경이었지만 그 시작점은 흐르는 수면에서부터였다.

"그렇다면 얼음을 일정한 형태로 조형하는 것도 가능한가?"

"눈사람 같은 거 만드는 것요? 저는 안 합니다."

"못 하는 게 아니라 안 한다?"

"네. 그런 세세한 컨트롤은 힘이 안 되는 애들이 부족한 힘을 메꾸려고 수련하는 것이고요. 저는 힘이 충분한데 뭐하러 정신을 분산시키나요."

"좋다. 너의 특기가 그 힘이라 하니 그 조건에서 시험을 봐야 억울함이 없겠지."

카일이 챙겨 온 골렘 오브를 착용했다.

그러곤 카일식 마나술로 오브에 마나를 쏟아 넣었다.

초인지 능력을 감당했던 폭발적인 마나가 오브로 빨려 들어갔다.

일대의 대기가 요동치고 마나가 응집된다.

잔잔했던 바르테온 강변이 요동치며 간이로 설치해 둔 장간교가 언덕 타는 뱀처럼 너울거렸다.

카일이 손에 쥔 골렘 오브에서 수백 가닥의 마나 줄기가 뿜어져 나왔다.

폭포수처럼 쏟아져 나온 마나 줄기는 바르테온강을 타고

뻗어 나가 강 맞은편에 닿았다.

마나 줄기에 엮인 강물이 그 흐름을 거스르며 역행했다.

휘이이이이-!

카일이 다시 한번 마나를 쏟아 넣었다.

그러곤 바르테온강을 거대하게 움켜쥐고 있는 마나 줄기를 일으켰다.

콰아아아아-

솟구친 물줄기가 마나 줄기를 따라 다리의 형태를 유지했다.

"자, 너는 힘만 쓰면 된다. 얼려 보아라."

카일은 소용돌이의 중심에서 넋이 나간 니켈을 내려다봤다.

"이, 이걸 얼리라고요? 이걸요?"

"못 하나?"

"하죠! 하면 하는 거죠!"

니켈이 카일이 솟구쳐 올린 물의 다리에 두 손을 푹 담갔다.

그러곤 빙결식을 풀어냈다.

쩡- 하면서 다리에 얼음 심지가 박혀 버렸다.

'손에서부터 퍼져 나갈 줄 알았더니, 중심을 단번에 관통해?'

일순 엄청난 출력으로 마나를 폭사해야 나올 수 있는 효과다.

이런 운용법은 마나홀도 마나홀이지만 마나로드가 버텨 주지 못하면 불가능한 운용법이다.

대부분의 마나 유저들이 최강의 공격기를 사용하기 위해서 오랜 캐스팅 시간과 충전 시간을 가지는 이유가 마나로드가 단번에 쏟아 내는 큰 출력의 마나를 버티지 못하기 때문이다.

그런데 니켈은 그것을 아무런 예비 운용도 없이 단숨에 해 버렸다.

"크엑-!"

니켈은 헛구역질을 하면서도 연거푸 마나를 쏟아 냈다.

물다리의 얼음심지가 가지를 뻗어 가며 다리 전체를 얼려 가고 있었다.

니켈은 일부러 한계를 보기 위해 허들을 높게 잡은 시험을 어떻게든 완수하기 위해서 안간힘을 썼다.

얼추 마나홀이 쪼그라들면 못 하겠다고 발라당 쓰러질 줄 알았더니 그러질 않는다.

"크엑, 잠시만요. 잠시만, 흐읍. 흐읍. 죽겠네, 진짜. 푸르르르."

니켈은 그 엄청난 출력답게 금방 마나홀을 비워 냈다. 그러곤 긴 숨 몇 번 고르는 것으로 빈 마나홀을 다시 채워 넣었다.

미친 듯한 회복 속도였다.

휴슬레의 회복 속도가 이보다 빠르던가?

분명 아니었다. 마나 회복 속도만 놓고 따지면 폭발적인 마나 운용을 가진 챠드가 가장 빠르다.

그런데 그와 비교해도 니켈이 더 빠른 것 같았다.

마나홀의 총량의 차이가 있으니 직접 비교하긴 애매하다만, 단계의 차이를 생각하면 그 용량의 차이도 감안해 줄 만하다.

"하아ー. 하아ー. 죽겠네. 저 조금만 쉬고 할게요."

니켈은 바닥에 대자로 뻗어 숨을 골랐다.

'마나홀이 완전히 바닥났군. 저 정도까지 쥐어짜면서 페이스를 유지하는 것만 해도 대단하지.'

마나 유저들 대부분이 마나홀의 마나가 일정 비율 이하로 떨어지면 출력이 떨어진다.

마지막 한 줌의 마나가 남을 때까지 100% 출력을 유지하는 것 또한 마나 운용 능력을 확인하는 척도 중 하나인데, 니켈은 그 부분에선 더 말할 게 없는 만점이었다.

'이만하면 충분하겠어. 마나홀의 탄성이 엄청나서 어지간한 과부하도 너끈히 버틸 만해.'

카일은 이만 시험을 끝내고자 했다.

"어, 안 돼요! 잠시만요, 잠깐! 영주님!"

카일이 골렘 오브를 거둬들이려는 것을 본 니켈이 팔다리를 파들파들 떨며 일어났다.

"저 다 할 수 있어요. 실패 아니에요. 성공이라고요. 더 할 수 있어요! 실패 아니라고요!"

니켈은 악다구니를 쓰며 다시 일어났다. 그러곤 양 엄지를 세워 관자놀이를 꾹 찔렀다.

그러자 마나홀에서 뇌까지 마나가 수직으로 솟아올랐다.

코피가 푹 뿜어지더니 니켈의 눈, 코, 입, 귀에서 푸른 마나가 향로의 연기처럼 피어올랐다.

쩌저저저적–.

물의 다리가 완전한 얼음다리로 변했다.

바르테온 대교보다 더 큰 부피의 강물을 정말 꽝꽝 얼려버린 것이다.

"실패, 아니에요–. *끄엑.*"

니켈은 그렇게 기절했다.

✵

카일은 니켈을 대동하여 하루에 하나씩 얼음다리를 세웠다.

다리는 바위골렘 열이 한 번에 지나가도 될 정도로 튼튼했고 다리 아래로 범선이 통행할 수 있을 정도로 큰 아치를 가진 대교들이었다.

"헥헥. 뒈지겠네, 진짜. 저 이거 몇 번이나 더 해야 돼요?"

니켈은 혀를 빼물며 바닥에 주저앉았다. 하지만 며칠 전처럼 기절을 하진 않았다.

그사이 이만한 운용에 적응해 버린 것이다.

투입된 마나양만 보면 6서클은 가뿐히 넘어서고 마스터라 하여도 아랫배가 뻐근할 정도여야 하는데 니켈은 5서클 마나 홀로 이렇게나 여유를 부릴 수 있게 되었다.

그것은 니켈의 마나홀이 가진 특유의 탄성 덕분도 있었지만 지난 며칠간 카일이 억지로 주입하고 이끌어 적응시킨 새로운 마나운용술의 지분이 더 컸다.

카일은 니켈에게 자신이 개발한 마나술을 다양한 방식의 운용 기법으로 실험했다.

말 그대로 실험이었고 그 결과는 흡족한 것을 넘어 마지막 검증 중이다.

"당장 이만하면 충분하다."

"당장요? 당장? 끊어진 다리 다섯 개 다 했잖아요. 그러면 끝인 거지 왜 당장이 붙어요? 설마 또 해요? 또 다리 만들어요? 할 때마다 온몸을 기름틀에 넣고 쥐여짜이는 느낌이에요."

"짤 때마다 더 많이 나오니 짜내는 맛이 쏠쏠하잖냐."

"흐엑. 흐엑. 바르테온 사람들이 영주님을 성군이라 하는데, 제가 볼 땐 영 아니에요."

"넌 바르테안이 아니잖냐. 그러니 그게 당연하지."

"어−."

"왜?"

"와……. 이제 와서 차별하시는 겁니까? 막 막. 이렇게 막 사람 죽일 듯이 부려 먹고."

"그럼 충성 서약이라도 하겠느냐? 네 공이 있으니 기사 작위 정도는 쉬이 내려 주마."

"아니, 제가 뭐 작위가 받고 싶다는 게 아니라요. 그리고 저 작위 있거든요. 멜퍼예요, 멜퍼. 어쩌다 제가 이 꼴이 됐는지 모르지만, 아슬란에서는 그림자도 함부로 못 밟는 그런 가문이라고요."

니켈은 흐트러진 자세 그대로 종알거렸다.

카일은 그런 니켈의 그림자를 쿡 밟아 버렸다.

"에−?"

"밟았다. 네 그림자."

"영주님, 진짜 왜 그러세요?"

"왜 그러긴, 녀석아. 일어나라. 오늘은 이만하면 되겠다."

카일은 한겨울 땀에 흥건히 젖은 니켈의 머리칼을 헝클어 트려 놓곤 강변을 타올랐다.

그렇게 관저로 복귀한 카일은 훈련장으로 이동했다.

그곳에 시론이 홀로 훈련을 하고 있다.

일과 시간임에도 훈련을 하는 것은 그 훈련이 카일이 시론에게 내린 임무이기 때문이다.

"영주님, 행차하셨습니까."

카일을 본 시론은 얼른 겉옷을 입으며 인사했다.

카일 옆의 니켈을 보는 시론의 표정에 불안감이 많이 가셨다.

이틀 전 시론은 2서클이 되었다.

카일이 돌파술을 전수해 주는 과정에서 일어난 일이었다.

그리고 다시 3일이 지난 지금, 시론의 마나홀은 완전히 아물었고 그 확장된 용량을 가득 채우고도 남을 정도로 마나가 들어차 있는 상태였다.

"마나가 완전히 안정화되었구나."

"영주님께서 일러 주신 대로 하였을 뿐입니다. 다른 운용술은 단 하나도 하지 않았습니다."

시론은 칼데온에게 배운 호흡과 기술이 몇 가지 있다.

그것들 모두가 얕게는 자세를 교정하는 것이고 깊게는 마나를 융성하는 것들이다.

이제는 시론도 몸을 써서 마나를 쌓는 이치를 이해하고 있다.

2서클이 되면서 마나를 확실히 인지할 수 있게 되었기 때문이다.

기사로서의 수련을 이해하는 단계였고 그렇기에 카일이 내린 지시가 진정으로 중요한 과업인 것도 인지한 상태였다.

그러니 허투루 할 리가 없었다.

"그래. 기분은 어떠냐."

카일은 초인지 분석으로 시론의 모든 것을 살핀 후 물었다.

"아주 가볍습니다. 활력이 융성한다는 말이 무슨 뜻인지 이제는 확실히 알겠습니다."

"그래도 한겨울이니 옷은 따뜻하게 여미고 해라. 감기 걸린다."

이제 2서클에 들어섰으니 감기에 걸릴 일은 없다만 그리 말해 줬다.

"예, 영주님. 말씀 듣겠습니다."

그리고 시론도 그러겠다 답했다.

"그럼 마저 하거라. 보아하니 3서클까진 금방 오르겠다."

"옛!"

시론은 니켈을 쓱 보았다. 그 시선에 금방 따라잡겠다는 경쟁심이 가득했다.

지금의 시론에겐 약이 될 감정이다.

그렇다고 니켈과 시론을 둘만 붙여 둘 생각은 없다.

"니켈, 들어가자."

카일은 니켈을 끌고 집무실로 이동했다.

니켈은 시종으로서 문밖에 있지 않고 카일과 같이 집무실 안에 들어와 있었다.

멀뚱거리고 서 있는 게 심심해서 도저히 못 버티겠다며 자꾸 문을 긁어 대서 그냥 들어와 있으라고 했다.

들어와 앉아서는 할 일 없다고 기사 연보 같은 걸 빼 본다.

그것도 그냥 뒀다. 바르테온을 알아 가는 데 나쁘지 않을 것이다.

"니켈, 가서 소피아를 불러와라. 11단에 있을 거다."

"아자~."

심심함에 몸부림치던 니켈은 투덜거리는 것 없이 냉큼 11단에 다녀왔다.

"뭘 또 새로 만들었나?"

카일은 소피아가 가져온 가죽 상자를 가리키며 물었다.

"겨울용 방한 외투입니다. 일전에 말씀하신 풀 코튼 메일이 한겨울에는 방한 효과가 떨어질 것 같아 한번 만들어 보았습니다."

"다른 일정 소화하기도 힘들었을 텐데."

안 그래도 소피아의 얼굴이 더 상했다.

그런데 눈동자는 전보다 더 빛난다.

천생이 새로운 것을 만드는 걸 좋아하는 사람이다. 타고나길 디자이너로 타고난 셈이다.

"기존 과업에 문제없는 선에서 작업했습니다."

"그래, 한번 보자."

방한 외투는 색과 질감이 다른 모피를 연결하는 방식으로 무늬와 입체감을 표현했다.

원판 하나로 만들었으면 쉬웠을 과정을 일부러 무늬를 넣겠다고 수십 조각으로 나눈 다음 다시 봉제한 것이다.

무늬가 화려하지 않아도 그 기법 자체가 품이 많이 들어가는 것을 표현하여 귀족의 예복임을 드러내고 있다.

"한겨울 눈과 비를 막을 수 있고 거친 땅에서 모포 대신으로도 사용할 수 있도록 두께감 있게 만들었습니다. 그리고 안에는 누빔한 면을 덧대었습니다. 한번 시착해 보시겠습니까?"

"니켈, 대신 입어 봐라."

니켈이 카일 대신 옷을 걸쳤다.

카일의 사이즈로 맞춘 탓에 옷이 좀 컸지만 전체적인 실루엣을 보는 덴 부족하지 않았다.

"둔해 보일까 했는데, 입혀 놓고 보니 딱히 그렇지 않군."

"연미복 방식으로 허리 라인을 넣고 뒷단 절개를 넣었습니다. 그리고 이번에 새로 밑단 걸이란 걸 만들어 봤습니다."

소피아는 직접 외투 밑단을 접어 올린 후 장식처럼 붙어 있는 후크에 고정시켰다.

"강을 건너거나 단이 끌릴 경우 이렇게 접어 올릴 수도 있습니다."

"이번에도 실용과 맵시를 모두 고려하여 잘 만들었다. 마음에 드는군."

"흡족하시다니 크나큰 영광입니다."

"이것까지 만들 여력이 되겠나?"

"아무래도 액보내기 날까진 어렵습니다."

"행사가 내일 모레인데 당연히 안 되겠지. 신년식까진?"

"그때까진 가능할 것 같습니다."

"그럼 그때까지 준비하도록 해."

"예, 영주님."

이만하면 적잖은 공이다.

특히 일일이 언급하지 않았음에도 능동적으로 소임에 임하는 자세는 카일이 아주 크게 평가하는 태도였다.

고위 관리 중에도 주어진 일만 수습하려고 하는 사람이 많은데, 이런 식의 주인 의식을 가진 인재는 필히 소중히 여겨야 한다.

그래야 조직에 이런 능률적인 사람들이 두각을 낼 수 있다.

아니, 소중히 여기는 것을 넘어서 크게 중용하고 권한을 쏟아 줘야 한다.

소피아를 총괄 디자이너로 임명을 하긴 했지만, 아직 그녀의 단을 구성해 주진 않은 상태다.

권한이 없는 것이나 마찬가지다.

하지만 지금 당장은 적기가 아니라 여긴다.

소피아는 현재의 11단에서 말석에 가까운 위치다.

그리고 소피아의 성품 자체가 모질거나 독기가 강한 편이
아니다.

기존의 11단원들을 그녀 휘하로 넣어 줘 봐야 소피아만 힘
들 것이다.

그녀에게 맞는 인재들로 다시 꾸려 줘야 한다.

그리고 그 전에 그녀의 건강부터 먼저 좀 회복을 시켜 놔
야 했다.

그게 지금 소피아를 부른 이유다.

"소피아, 이걸 봐라."

카일은 그녀에게 준비한 책을 내줬다.

글자 없이 그림으로만 이루어진 얇은 책엔 제목도 쓰여
있지 않았다.

"아~. 여기 있는 움직임에 잘 어울리는 옷을 지어 올리면
되겠습니까?"

"움직임이 어려워 보이느냐?"

"아닙니다. 어려워 보이는 자세는 없습니다."

"좋다. 지금부터 1주일간 훈련장에서 그 체조를 익히거라.
시론이 알고 있을 것이니 모르는 것은 시론에게 물어보면
된다."

바르테온 수신체조.

소피아를 먼저 시작으로 모든 영지민들에게 배포될, 바르
테온 2식 마나 양생술의 완성본이었다.

6장

드르르륵– 딱!

쇠구슬이 나무 레일을 타고 떨어져 내렸다.

쇠구슬은 마지막 깔대기 레일을 통해 상자 안으로 들어갔다.

대기하고 있던 일꾼이 쇠구슬이 가득 찬 상자를 수레에 올렸다.

수레는 그간 노역꾼들이 닦은 산길을 타고 쇠구슬을 운반했다.

"흐으! 잘되죠? 제가 내려오면서 쭉 봤는데 유실되는 것 하나 없이 잘되더라고요."

레이첼은 히죽 웃는 얼굴로 카일을 보았다.

눈 덮인 산 정상에서 해빛을 많이 봐서 그런가 여름보다 얼굴이 더 탔다.

왠지 더 생기 넘치고 발랄한 느낌이다.

"도슨, 나는 영주님과 먼저 내려갈 테니, 자네는 마지막까지 화물을 확인한 후 내려오도록."

명령을 내릴 때는 좀더 사나워 보이기도 하고 말이다.

"그럼 영주님, 내려가요. 제가 진짜 강철로 저택 하나를 가득 채워 드릴게요."

"급할 것 없소. 그리고 로살롯에서도 써야 하지 않소."

"저야 합금 있잖아요."

"지금 내리는 화물에 합금이 있었소?"

카일이 보기엔 없었다.

"전에 1진지에서 따로 하나 길 뚫겠다고 말씀드렸잖아요. 그 길 만들어지면 거기로 내리려고요."

"오랜만에 영지로 복귀하는 건데 빈손으로 가도 되겠소?"

"에이, 저 자체가 선물인데 굳이 뭐 챙길 거 있나요. 그리고 이제 영주인걸요."

레이첼은 씽긋 웃었다. 대행 시절의 그 독기가 거진 다 녹아내린 얼굴이다.

"그런데 요즘은 그 사람이랑 같이 안 다녀요?"

"그 사람?"

"그 있잖아요. 마이스터."

"비슈 말이오?"

"네."

"관련 업무가 아닌데 같이 올 게 없지 않소."

"아~. 그렇군요. 맞아요. 그렇죠. 일이 있으니까 같이 다니는 거죠. 하하. 그런데 영지 복구는 잘 진행되고 있나요? 산 위에서 보니까 동바르테온에 하루에 몇 개씩 점이 생기는 게 보이더라고요. 꼭 모자이크 작품이 완성되어 가는 것처럼요."

"덕분에 아주 잘 진행되고 있소."

"제 덕분이랄 게 있으려고요."

"홉스도 그렇고, 철을 지원해 준 것도 그렇고. 공의 손이 안 탄 곳이 없소."

"아이 참. 영주님은 가끔 보면 공치사가 너무 과하세요. 한 것도 없는데, 자꾸 그렇게 말씀하시면 정말 제가 뭐라도 한 것 같잖아요."

레이첼은 괜스레 몸을 한 바퀴 빙 돌렸다.

그러다 말이 잠시 없어졌다.

"아, 저 이거 한번 보실래요?"

"무엇이오?"

"1진지에 새로 루트 하나 빼겠다고 말씀드렸잖아요. 그 계획도요."

레이첼의 계획도에는 1진지에서 바르테온 영도 북문 언저

리쯤으로 이어진 루트였다.

카일의 솔직한 평은 뭐 하러 이렇게 하나 싶다는 것이었다.

"이리하면 관저로 통하게 하는 것과 별 차이 없소. 어차피 바르테온 아니오."

"바르테온이어야죠. 여기에서 물류가 다 모일 거잖아요. 영주님도 그럴 목적으로 선착장 옆으로 부두를 크게 건설하시는 거 아닌가요?"

"그것과는 별개요. 공의 물류를 이동하기 위해서 만드는 전용 루트인데, 굳이 그럴 것 있소? 로살롯이 물류력이 안되는 것도 아니고 말이오."

"이쪽이 산에서부터 거리가 가깝잖아요."

"내 말은 로살롯에 가깝게 계획하란 뜻이었소. 아니면 내친김에 산악 진지에서 바로 로살롯으로 이어지게 해도 되고."

"아휴, 말도 안 돼요! 그건 그러면 안 되죠!"

레이첼이 손사래를 치며 기겁했다.

"편의를 봐준다 해도 싫소?"

"당연하죠! 이런 건 해 준다고 할 때 받으면 큰일 나는 거잖아요. 도의가 없는 건데요!"

"도의라—."

"네. 도의요. 상도의. 길을 뚫는 것부터 드워프들과 교분

을 맺는 것까지 전부 영주님께서 한 일이잖아요. 둘 중 하나
가 없었을 때 과연 나머지 하나로 이런 성과를 낼 수 있었겠
느냐를 두고 생각하면 명확해요. 저는 영주님이 없었으면 절
대 저 혼자 이런 결과를 못 냈어요."

"도의의 문제라 하니 알겠소. 당장이야 이게 효율적이기
도 하긴 하니 다른 길을 열고 싶거든 그때 또 논의합시다."

"네, 그럴게요. 그리고 그래서 말인데요, 여기에 이렇게
레일을 깔면 아무래도 제가 바르테온 땅을 차지하는 영역이
생기게 되잖아요."

"그렇소."

"그러면 그쪽으로 해서 부지만 조금 허락해 주시면, 제가
부두를 지어 드려도 될까요? 물론 제가 전용으로 쓴다는 게
아니라요. 지어 드린다는 표현도 좀 웃기고. 이걸 뭐라고 해
야 될까요?"

선물을 해 주고 싶은가 보다. 드워프들과 거래가 잘된 덕
이리라.

"어느 정도 규모로 지어 주고 싶어서 그러는 것이오?"

"저희 영도에 있는 규모 정도는 돼야 하지 않겠어요? 앞으
로 콘스칸과 글레인까지 확장하실 거면요. 이 물량이란 게
어느 순간 갑자기 확 늘어날 때가 있거든요. 그럴 때를 생각
해서 처음에 좀 넉넉하게 지어 두는 게 좋잖아요."

"로살롯도 전후 복구 때문에 돈 들어갈 일이 많지 않소.

안 그래도 범선이 많이 손실됐고."

"괜찮아요. 금방 복구할 수 있어요."

"알겠소. 그래도 내 집 공사하는 데 손 놀리고 있을 수는 없으니 술사단을 일부 지원하겠소."

"그럼 제가 공사 대금 셈할게요."

카일은 공사 대금은 되었다 하려다 그냥 받기로 했다.

현장 노동자들의 수고로움을 가지고 자신이 생색낼 건 아니라 여긴 것이다.

그 돈 받아서 현장에서 일한 이들에게 배분해 주는 게 옳다.

이왕이면 넉넉하게. 가능하면 많이.

"알겠소. 공에게 받은 걸로 건축관들에게 생색 좀 내야겠소. 요즘 영지 복구 때문에 다들 고생이라서 말이오."

"네! 물론이죠. 그들이 로살롯을 사랑하게 될 만큼 넉넉히 챙길게요."

카일은 그렇게 두런두런 가벼운 이야기를 하며 산을 내려왔다.

그리고 집무실에 앉았을 땐, 다른 주제의 이야기를 해야 할 차례였다.

바로 낙원단에 대한 사안이었다.

현재 파악한 바로 낙원단에선 바르테온을 목적으로 움직이고 있음을 확인했지만 그것이 로살롯에 대한 공작이 없다는 확인은 아니다.

카일은 낙원단에 대한 자세한 사항과 그에 대한 바르테온의 대응을 간략이 풀어 줬다.

"가능성은 낮다고 보지만 로살롯에 대해서도 어떠한 공작 행위가 진행 중일 수 있소."

"그런데 고원 요새에 총독관을 두셨으면 그놈들의 시선이 로살롯까지 올 것 같진 않네요. 그래도 대비를 아주 안 할 수야 없긴 하겠어요."

"공만 괜찮다고 하면 지크기사단을 파견해 줄 용의가 있소."

"어르신께서 직접 가시는 것인가요?"

"그렇진 않소."

"아, 그렇다고 해도 지크기사단이면 좋죠. 감사히 받을게요."

레이첼은 낙원단을 의식해서보다 자신의 사촌오빠들을 의식해서 지크기사단을 받기로 했다.

"그런데, 그러면 앞으로 숄에 대한 통치 방식은 어떻게 되는 거죠? 지금의 총독 파견 방식이 계속 유지되는 건가요?"

"그렇소."

"직접 통치는 하지 않으시고요? 낙원단의 실체까지 완전히 확인하셨으니 완전 정복을 하실 줄 알았어요. 당장이 아닌 향후에라도요."

"완전 정복이라−. 목적은 같긴 하나 개념은 조금 다르오."

벤자르의 면 사업을 장악하는 데 있어서 로살롯의 상인들이 동원될 것이다.

로살롯 영주인 레이첼이 전체적인 그림을 알고 있는 게 맞다고 생각한다.

카일은 벤자르의 상업을 장악하기 위한 계획을 간략히 설명해 줬다.

큰 맥만 잘라서 이야기해 줬음에도 레이첼은 바로 뜻을 이해했다.

"제 아버지가 항상 검이 아니라 돈으로도 영지를 점령할 수 있다고 말씀하셨었거든요. 그게 안 된다면 돈이 부족한 건 아닌지 생각해 보라고. 솔직히 저는 그런 아버지의 말씀이 무력이 없는 상태에서는 절대 통하지 못할 방법이라고 생각했어요. 그런데 지금 영주님께서 하신 말씀을 가만히 들어 보니까 돈이 없으면 영지의 무력 또한 기르지 못하게 되는 게 아닌가 하는 생각이 들어 버렸어요."

"맞는 말이오. 벤자르의 세율을 조정한 건 그러한 이유도 있소. 귀족들이 잘 집결되어 있는 상태라면 말도 안 된다며 거부를 하겠지만, 벤자르는 그런 여건이 안 되오. 그리고 지금 그런 거부를 한다면, 전쟁도 끝난 마당에 그런 세금이 더 필요하냐는 의문이 들 수밖에 없소. 그리고 명분도 없지. 우리가 배상금을 요구한 게 아니니 말이오."

"그럼 귀족들은 당연히 손을 놓고 있을 수밖에 없겠네요. 세수는 확보되지 않으니 새로운 사업은 진행하지 못할 것이고 중앙에서 진행하는 굵직한 군 사업들은 전부 파기되거나 힘을 잃을 것이고요."

"그렇소. 해서 말인데, 앞으로 벤자르에서부터 바르테온까지의 해상로의 물품이 굉장히 많아질 것이오. 지금 바르테온에서 운영 중인 정기선만으로는 부족할 거라 생각하오. 그에 대한 부분을 로살롯에서 맡아 줄 수 있겠소?"

"그럼요. 당연히 해 드려야죠. 어차피 벤자르에서 건축자재를 옮기고 있으니까 그걸 정규선으로 다듬으면 될 거예요."

"좋소. 그리하면 벤자르에서 나오는 이문은 투자 비율대로 맞춰 나눕시다. 그리고 그 외에도 로살롯에서도 개별적으로 상업 활동을 진행하시오."

"개별적으로요? 공유할 것 없는 독자적인 움직임을 말씀하시는 건가요?"

"그렇소. 정무적으로 움직이는 상업과 민간에서 개별적으로 움직이는 상업의 흐름은 분명 다르다고 생각하오. 벤자르를 공략하는 데 한 가지 방향만 쓸 건 없다고 보았소."

"총력을 다해서 모든 상거래를 장악하라는 말씀으로 이해하면 될까요?"

"딱히 틀리지 않소."

"네. 알겠어요. 후훗. 그런데 영주님."

"말씀하시오."

"저한테 거짓말 하셨군요?"

"무엇을? 나는 당신에게 거짓을 말한 적이 없소."

"우리 친해지기 전에요. 처음 로살롯에 와서 아버지하고 대담을 할 때 말이에요."

"그때 내가 거짓말을 했소?"

"상도와 상술을 배우고자 왔다고 하셨잖아요. 영주님은 배울 상도가 없으세요. 그렇죠? 그때부터도 아마 그랬던 것 같아요."

"아하하하."

"제 말이 맞죠?"

"검술이 발전을 했듯이, 상술 또한 발전하는 것 아니겠소. 영주와 함께 사업을 진행하다 보니 나의 상술 또한 개안하여 발전했나 보오."

"피이-. 듣기 좋은 말씀만 해 주시구."

"거짓말까지 해 가며 듣기 싫은 말을 할 건 아니지 않소."

"알았어요. 그래요. 검으로든 말로든, 제가 영주님을 당할 재간이 없죠. 저는 그냥 영주님이 계획한 대로 잘 맞춰 갈게요. 사실 그것도 엄청 노력해야 될 것 같지만요."

레이첼은 고개를 절레 저으며 어깨를 으쓱했다.

이전부터도 느꼈던 거지만 이번 전쟁을 겪으면서 더욱더 확실하게 체감해 버렸다.

아니, 인정해 버렸다.

자신이 카일을 따라 할 수 없음을 말이다.

갑작스러운 침공으로 시작한 전쟁을 주도하는 모습을 보며 카일은 그 어떠한 상황에서도 위태롭지 않을 것이란 확신을 가지게 되었고 지금 말하는 후속 조치에 대해서도 예상조차 하지 못한 방법들이었다.

거센 저항군이 남아 있는 영지라면 그 누구라도 약탈을 한후 내던져 버리든가, 완전한 철권통치를 하려고 하지 이런식으로 물에 소금 녹이듯 병합하려는 생각은 하지 못한다.

혹여 생각한다 하여도 실행하려 하지 않는다.

그것이 어렵고 지난하며 고된 작업이기 때문이다.

하지만 카일은 그것을 선택했다.

담기 위해서다.

자신이 품을 수 있기에 그러는 것이다.

레이첼은 바르테온을 담고 있는 카일의 그릇에 벤자르를 넘어 숄이 통째도 들어가도 낙낙하게 자리가 남아 있겠구나 싶었다.

어디까지 더 담을 수 있을까.

모르긴 몰라도 자신이 상상하지 못하는 그 이상까지 담지않을까?

레이첼은 그것이 궁금했다.

"영주님은……. 영주님은 도대체 어디까지 바라보고 계신 것이죠? 어디까지 품에 안을 생각이세요?"

"이왕 하기로 했으니 눈에 닿는 것들은 웬만큼 손에 쥐어 볼까 싶은데ㅡ. 공이 보기에 과욕인가 싶소?"

"아니요. 그럴 리가요. 영주님은 욕심이 없는 분인데 그게 어떻게 욕심이겠어요. 그런데, 그래서 어디까지요? 정확하게요. 그냥 궁금해서 그래요."

레이첼은 지도라도 펼쳐 올 기세였다.

그녀의 역할을 생각하면 이 작은 호들갑을 맞춰 주지 못할 정도는 아니었다.

"일단은 루카시스까지요. 실상 솔 연합만 아니면 나머지는 큰 영향력을 가지고 있다 할 수 없다고 보오."

과거 100년 전엔 콘스칸령이 바르테온을 위협하는 강자들이었으나 지금은 그 위세가 거의 없는 수준이다.

글레인 지역은 대영주라 할 만한 영지도 없는 실정이니 걱정할 게 없다.

솔만 안전하게 규합하고 나면 나머지 하류 지역은 자연스럽게 영향력을 행사할 수 있다.

그 이후의 규합은 쉬운 일이다.

"그러시면 그 안에 저도 포함되는 건가요? 아, 그러니까 로살롯요. 제가 아니라 로살롯 말이에요."

"로살롯을 바르테온에 편입시키다니. 내가 공을 배신할 거라 묻는 것이오? 그런 생각은 절대 하지 않았소. 혈맹서약까지 했는데, 그리 생각하는 것이오?"

"아, 네. 맞네요. 아하하하. 영주님께서 그럴 리가 없는데. 제가 참 멍청한 질문을 했어요."

레이첼은 말실수를 했다는 부끄러움에 손부채질을 해 가며 열을 식혔다.

"그런데 그러면, 앞으로도 어쨌든 좋게, 합심해서 같이하는 거죠? 전쟁도 같이했으니까. 앞으로도 무슨 일이든. 혈맹으로서요."

"아닐 이유 있소?"

"그 말 나중에 바꾸시면 안 돼요. 저랑 계속 쭉 함께하시는 거예요. 요즘은 막 그런 생각이 드는 거 있죠. 영주님 근처에 저보다 뛰어난 사람들이 막막 늘어나서 어느샌가 제가 뒷전으로 밀려나게 돼 버리는 건 아닌가 하는. 그런 생각이요."

"아무리 그렇다 한들 뒷전까지 가겠소?"

"그러면 밀려날 가능성은 있다는 건가요?"

레이첼이 눈동자를 키우며 물었다.

"뒷전으로 밀려날 일은 없을 것이오."

"피이-. 그게 아니잖아요. 안 되겠어요. 종신 계약서라도 써요. 상호 협정에 따라 이의 제기를 하지 않는 이상 자동으로 연장되는 계약서로요."

레이첼은 작정을 한 것처럼 펜을 쥐었다.

카일은 하하 웃으며 레이첼이 하는 것을 두었다.

사사삭, 사삭- 톡!

"자요. 영주님도 사인해 주세요."

레이첼은 수려한 필기체로 작성한 '범용 상업 거래에 관한 종신 계약'이란 제목의 계약서를 내밀었다.

사인은 이미 끝나 있는 상태다.

"이러다가 서약이란 서약은 종류별로 다 할까 싶소."

카일은 계약서의 주요 본문을 훑었다.

그래도 계약서인데 확인할 건 확인해야 하지 않겠나.

바르테온과 로살롯은 상호 간의 협의에 따라 우호적인 관계가 유지되는 한 사업 진행에 있어 서로가 서로에게 우선권을 가지며, 이는 특별한 이의 제기가 없는 한 자동으로 연장되어 종신토록 유지된다.

"다 좋은데 단어 두 개만 더 넣읍시다."

"수정하고 싶은 항목이 있으세요?"

레이첼이 펜을 건네며 물었다.

카일은 바르테온 앞에 자신의 이름을 적고 로살롯 앞엔 레이첼의 이름을 적었다.

"이렇게 하면 어떻소?"

카일은 단어 두 개를 더해 영지 간 계약을 개인 간 계약으로 틀었다.

이래야 무슨 일이 일어났을 때 남은 사람들의 대응이 수월할 테니 말이다.

그래 놓고 순간 너무 계산적이었나 싶었다만, 이미 펜을 넘긴 다음이다.

"다를 게 뭐 있겠어요. 오히려 더 좋을 수도 있는 거고요."

레이첼은 다시 펜을 받아 금방 필사본을 만들었다.

또 한 장의 서약서가 만들어졌다.

"자, 그러면 다음 건에 대해서 논의합시다."

"뭐가 또 있나요?"

"이번에 새로 개발한 마나술에 대한 것이오."

"또요?"

"뭐가 또라는 것이오?"

"또 받을 게 있나 해서요. 저는 언제 이걸 다 갚나요?"

"약속대로 하는 것이니 괘념치 마시오."

"셈을 치를 수가 없어서 말이죠!"

받은 만큼 셈을 치르려고 하는 건 그녀가 도의를 아는 상인이기 때문이다.

그래서 카일은 그녀에게 무언가를 내주는 것이 아쉽지 않다.

분명 내준 것보다 더 큰 것이 돌아올 테니 말이다.

1년의 가장 마지막 날의 아침이 밝았다.

액보내기 날이다.

카일은 평소와 다름없이 아침을 시작했다.

모든 것이 준비되어 있으니 달리 부산스러울 것은 없었다.

하지만 행사를 진행해야 하는 시종들은 평소와 달리 부산을 떨 만했다.

모든 시종들이 새벽같이 일어나 단장을 하며 행사 준비를 했다.

액보내기 행사는 영주가 민중에 가까이 서는 행사이기 때문에 귀족과 기사보다 시종들을 주변에 두고 진행한다.

"다들 정신 똑바로 차리고 들어! 오늘 행사부터 신년식까지 그 분위기가 이어지는 거야! 절대 서툰 모습을 보여선 안 돼!"

"네, 시녀장님!"

"유니폼 다림질 제대로 안 한 거야? 이 얼룩은 뭐야? 우리의 유니폼은 기사의 갑옷이라고 분명 말했을 텐데! 영주님의 행차에 기사분들이 얼룩진 갑옷을 입고 따르는 걸 봤어?"

오늘은 평소 포근한 큰언니 같은 시녀장 메이는 없었다.

메이는 깐깐하고 빈틈은 없는 모습으로 시종과 시녀 들의 정리되지 않은 모습들을 전부 잡아냈다.

"명찰이 삐뚤어졌잖아. 이 명찰도 영주님께서 이름으로 불릴 수 있도록 내려 주신 보살핌인 걸 그새 잊어 먹었니? 당장 똑바르게 다시 달고 와."

"네, 시녀장님. 죄송합니다."

"레넨, 너는 얼마 전에 새 구두를 맞춰 줬을 텐데? 오늘 같은 날 신지 않으면 언제 신으려고 그래?"

"지금 신는 게 다 떨어지면 신으려고……."

"당장 갈아 신고 와!"

"네, 네. 시녀장님."

한 명 한 명 호명을 해 가며 검사를 하는 날카로움이 기사단장의 검열과 다름이 없었다.

"다들 똑똑히 들어. 우린 이 세상이 없었던 전혀 다른 영주님을 모시는 거야. 우리들을 하나하나 신경 써 주시는 그런 영주님을. 그러면 우리도 스스로 하나하나 다 신경 써서 영주님을 보필해야 하는 거야. 그게 시종으로서 받은 은혜에 대한 보은이야."

"알겠습니다!"

"머리도 단정히 하고 손톱 깔끔히 깎고! 이런 것까지 지적을 해야 해? 지적 사항들 전부 보완해서 다시 검사 받아!"

"네, 시녀장님!"

1층, 2층으로 우당탕 부산 떠는 소리가 울렸다.

카일은 메이가 괜한 소란을 피운다고 생각하지 않았다.

오히려 자신이 하고 싶은 말이었다.

귀족들이 귀족다울 수 있는 것은 그네들이 선망받을 수 있을 만큼 멋있기 때문이다.

그리고 그 선망에 잘 정돈된 용모는 아주 큰 축을 차지한다.

카일은 시녀들도 그럴 수 있기를 바랐다.

그리고 더 나아가 영주 관저의 시녀들뿐 아니라 다른 평민들도 귀족들처럼 단정하고 말끔한 용모를 가질 수 있기를 원했다.

그러면 그것이 바르테온의 기풍이 될 것이다.

잠시 후, 메이는 다시 한번 시종들의 복장 검사를 완료한 후 카일에게 왔다.

"영주님, 이제 행사 준비를 하셔야 할 시간입니다."

"그래. 옷만 입으면 되는 것이니 집무실에서 하도록 하지."

"예. 준비하겠습니다."

소피아가 만든 풀 코튼 메일이 준비되었다.

실밥 하나 튄 것 없다.

오늘을 위해서 만전에 만전을 다해 만든 티가 났다.

다른 주요 정무관들에게도 이 풀 코튼 메일이 지급되었다.

오늘 행사에선 그들이 주인공은 아니지만, 대외적으로 새로운 의복을 선보이는 역할은 할 수 있을 것이다.

예복을 갖춰 입은 카일은 현관으로 내려갔다.

"영주님, 정무관님들이 모두 입관하셨습니다."

정무관들 모두 예복을 갖춰 입고 나왔다.

카일이 앞장서자 도열했던 정무관들이 그 뒤로 줄줄이 이어 붙었다.

관저를 나서니 거리에도 기사들이 각자의 깃발을 들고 기다리고 있다.

기사들 뒤로 모여든 사람들은 짚으로 만든 인형을 들고 있었다.

액을 담아 보낼 인형이다.

카일이 중앙대로를 가로질렀다.

멈춰 있던 사람들이 그 걸음에 맞춰 함께 움직였다.

바르테온 강변에 저마다 액보내기 인형을 든 사람들이 발 디딜 틈 없이 모여 있었다.

"영주님 행차하셨다!"

시론이 목청을 돋아 카일의 행차를 알렸다.

"와아아아ー!"

영지민들은 열렬한 환호성으로 카일을 맞이했다.

비단 영지민들만 있는 건 아니다.

액보내기 행사를 하기 위해서 제후령에서 일부러 영도까지 찾아오는 사람들도 많다.

제후령 중 정무관을 혈족으로 두고 있는 이들은 이 액보내기 날에 맞춰 영도에 들러서 신년식까지 참여하고 제후령으로 돌아가는 경우가 적지 않다.

그만큼 지위 고하 남녀노소 상관없이 많은 사람들이 보였다.

끊어진 다리의 흔적이 아직 남아 있었지만 그 옆으로 그보다 더 크고 웅장한 얼음다리가 있으니 행사의 장이 조악한 느낌은 들지 않았다.

그래서 그런가 사람들의 표정에도 전쟁을 치렀다는 고달픔은 찾을 수 없었다.

그들은 온통 희망찬 얼굴로 짚을 꼬아 만든 인형을 흔들었다.

카일은 거대한 짚인형이 있는 자리 앞에 섰다.

짚인형은 조악한 뗏목 위에 올라서 있다. 뗏목은 일부러 허술하게 만든 것이다. 그래야 적당히 불타다 강으로 흩어지기 때문이다.

그런 짚 허수아비 뗏목이 즐비하게 깔려 있다.

카일은 적당히 손에 집히는 짚인형을 집었다.

손으로 몸통을 들고 크게 흔들며 외친다.

"재액! 병액! 인액! 충액! 재해를 불러오는 액운 물러가게 하옵고! 병을 불러오는 액운 물러가게 하옵고! 사람을 상하게 하는 액운 물러가게 하옵고! 병충해를 불러오는 액운 물러가게 하옵소서!"

카일의 기도에 맞춰 주변의 모든 사람들이 함께 액풀이 인형을 흔들었다.

"재액! 병액! 인액! 충액! 물러가라!"

"물러가라!"

"물러가라!"

"물러가라!"

액풀이 인형의 짚이 풀어헤쳐 흩어지도록 힘 있게 털었다.

온 사방에 짚풀이 날린다.

카일은 자신 앞에 떨어진 짚들을 손으로 얼추 쓸어 모아 뗏목 위로 던졌다.

굳이 뗏목 위에 잘 얹을 필요는 없다. 어차피 다 올라가지도 않는다.

사람들은 저마다 만들어 온 액풀이 인형을 뗏목 위로 던졌다.

형겊으로 만든 것도 있고 헌 가죽으로 만든 것도, 나뭇가지 꼬아 만든 것도, 각양각색의 인형들이 뗏목 위로 쌓였다.

이제 여기에 불을 놓고 배를 떠나보내면 액보내기 행사가 끝난다.

"영주님, 여기 불 있습니다."

휴슬레가 미리 준비된 횃불을 건넸다. 카일은 그것을 물끄러미 쳐다보았다.

"영주님?"

"횃불은 됐소."

뭐랄까. 조금 기분을 내고 싶달까.

카일은 횃불 대신 검을 들었다.

"바르테온의 수신이시어! 지난 한 해 굽어살펴 주시어 감사드립니다! 위험은 이겨 내었고 기쁨은 함께했으며 슬픔은 나누었습니다. 올 한 해 액운 잘 풀어 바치니 다가올 새해에도 굽어살펴 주시길 소원합니다!"

카일은 맑은 목소리로 기도를 올린 후 양손으로 검을 쥐었다.

완벽한 상단의 자세에서, 완벽한 하단의 자세로. 느리게 검을 내리그었다.

상단에서 시작한 검이 머리 앞으로 넘어갈 때쯤 검 끝에서 불줄기가 피어올랐다.

"불이다! 영주님의 검에 불이 붙었어!"

"영주님께서 불을 다루신다!"

구경을 하던 이들이 까치발을 해 가며 오색 빛 머금은 불길이 오르는 것에 환호했다.

카일은 중단의 자세가 될 즈음 힘을 폭사하여 화염 줄기를 뿜어냈다.

화염은 참격의 형대로 길게 그어져 허수아비를 휘감았다.

화르르르!

화염 참격에 몸통이 휘감긴 허수아비는 금세 높은 불기둥을 내며 타올랐다.

"어히야! 액운 물러가라―!"

주변에서도 횃불을 던졌다.

영지민들의 털어 낸 액운들을 불길로 타올랐다.

"영주님, 여기 액풀이 줄입니다."

행정관이 액풀이 줄, 통나무 뗏목을 묶어 둔 밧줄을 가리켰다.

이것을 풀어내어 액운을 흘려보내면 그걸로 식이 끝났다.

"풀어 나라, 풀어 나라! 풀려 나가라!"

카일은 시원스레 액풀이 줄을 풀었다.

뗏목들은 서로 걸리는 것 없이 바르테온강을 따라 길게 흘러나갔다.

"이제 들어가시지요."

공식적인 식순은 모두 끝났다.

보통 영주와 귀족들은 여기까지만 하고 자리를 떠나고 남은 영지민들은 액풀이 배가 어디까지 가는지 따라간다.

바르테온 남쪽 수문 성벽까지 배가 도착하는지 보는 거다.

그때까지 액풀이 인형이 다 불타고 나서 배가 가라앉거나 성벽에 도착하면 액풀이가 잘된 것이고, 액풀이 인형이 다 불타기 전에 배가 가라앉아 버리면 액풀이가 잘 안됐다고 한다.

그래서 귀족들은 줄 풀이까지만 하고 자리를 뜨는 거다.

괜히 액풀이 배가 좌초되면 머쓱해져서 말이다.

"아니오. 오늘은 나도 배가 잘 가는지 보고 싶은 기분이오."

"그러십니까? 흐음-. 괜히 배가 좌초되면 분위기가 애매해지기도 합니다."

"알고 있소. 하지만 그리될까 싶소. 휴슬레 경의 생각에는 그리될 것 같소?"

카일은 천천히 말 머리를 돌렸다. 돌아 들어갈 줄 알았던 귀족들은 카일이 강을 따라 향하는 것을 보곤 허겁지겁 대열을 정비하였다.

"그것이야 강과 바람의 뜻 아니겠습니까. 영지민들이야 그걸 하늘의 뜻이라 보겠지만요. 하긴, 강과 바람도 결국 하늘과 같긴 하지요."

하늘. 인간이 거역할 수 없는 자연의 힘에 대한 지칭이다.

자신이 가진 그 어떠한 힘으로도 항거할 수 없기에 하늘을 향해 기도를 하고 신을 찾는 것이다.

하지만 가진 힘이 그것을 능가하면 분명 달라진다.

"휴슬레 경, 내년에도 열신제를 할 것 같소?"

"열신제 말씀이십니까? 그것이야……. 영주님께서 수신제로 바꾸시지 않았습니까?"

"그렇소. 같은 이치요. 막연한 자연의 힘이라 두려워하는 것도 사람의 힘으로 바꾸려거든 바꿀 수 있다는 것이오."

"지금 걷고 있는 강둑이 그런 것이군요."

"그렇소."

휴슬레는 자신들이 쌓아 올린 강둑을 보았다.

하려거든 이렇게 간단히 할 수 있는 것을, 수십 년간 그냥 두어 매년 장마마다 물난리를 겪었다니.

그것은 영지민들이 한심스러운 게 아니라, 정무관들이 욕을 먹어야 하는 일이다.

그리고 그 정무관의 정점에 있는 자신의 책임이 가장 크다.

앞으로 잘해 가면 된다. 지금까지 해 왔던 것처럼 말이다.

"어! 어어ㅡ! 배가 쓰러진다!"

작은 뗏목이 바람을 잘못 만났는지 기우뚱했다.

카일은 검을 빼 한 번 휘 저었다.

검에서 솟구친 바람이 기우뚱하던 뗏목을 슬쩍 밀어 자세를 잡아 줬다.

"보시오. 잘 가지 않소."

"하하하. 예, 영주님. 과연 그렇습니다. 하하하하하."

정비된 강둑을 향해 내려간다.

그 길목에는 두 개의 다리가 있다. 아직 허물어진 것을 제대로 복구하지 않았다. 하지만 그 옆에 더 굳건하게 지어 올린 얼음 다리가 있다.

뗏목이 다리 기둥으로 흘러가는 것을 보는 사람들은 판돈을 건 것처럼 서로들 목청을 돋았다.

줄지어 이어지는 크고 작은 뗏목들 중에는 다리 기둥에 부딪혀 허물어지는 경우가 많다.

이번에는 단 하나의 뗏목도 좌초되지 않았다.

휴슬레가 일으킨 열풍이 방향을 잡아 줬기 때문이다.

액보내기 배들은 그렇게 기우뚱 기우뚱 하면서도 단 하나도 가라앉지 않고 남쪽 성벽까지 도달했다. 본래라면 여기서 끝이다.

성벽에 가로막혀 더 나가지 못해야 한다.

괜히 가라앉으면 수로가 막히기 때문에 병사들이 불에 타다만 뗏목을 걷어 낸다.

액보내기 행사의 맨 마지막은, 정작 바르테온 밖으로 내보내지 못한 채 그렇게 끝나는 것이다.

하지만 이번은 아니다. 지금은 다르다.

바르테온의 성벽은 열려 있다. 그 또한 카일이 열어 둔 것이다.

"올해는 걷어 낼 필요가 없다. 열려 있는 대로 두라."

매년 그랬던 것처럼 뗏목을 걷어 내려 대기하고 있던 병사들은 카일의 명령에 갈고리를 내려 두었다.

"바르테온의 지난 액운들이 바르테온 밖으로 물러간다. 새로 다가오는 해 또한 들렀던 액운 모두 트인 물길 따라 흘러갈 것이다. 영원히 번창하고 영원히 부흥하리라."

"영원히 번창하리라!"

"영원히 부흥하리라!"

"바르테온 만세! 바르테온 만세! 바르테온 만세!"

액운을 담은 배들은 그렇게 보이지 않는 곳까지 흘러갔다.

겨울이다.

솔 지방은 겨울이 와도 다른 지역보다 그리 춥지 않은 편이다. 눈도 잘 내리지 않는다.

마른 겨울이다.

그래서 한편으론 더 삭막해 보이기도 하다.

특히 따뜻함이 느껴지지 않는 좁은 돌벽길 사이에 있을 때면 말이다.

그 좁은 돌벽길 사이에 빈스가 앉아 있다.

아델린과 말라드로부터 주기적으로 연락이 와야 하는데 어느 기점부터 연락이 오지 않았다.

혹여나 신변에 문제가 생긴 것인지, 적에게 사로잡혀 버린 것인지, 아니면 발각의 위험 때문에 몸을 사리고 있는 것인지 확인이 안 되고 있다.

그래서 정보를 모으기 위해서 바르테온 인근으로 심부름

꾼을 여럿 보냈었다.

그렇게 보낸 심부름꾼이 열이 넘는데 단 한 명도 되돌아오질 못했다.

뭔지 모르지만 분명 삼엄한 경계가 쳐져 있다는 뜻이고 어리숙한 심부름꾼은 넘볼 수 없는 영역이란 결론이다.

그 이후에 정보를 얻을 방법은 벤자르를 드나드는 로살롯과 바르테온의 상인들로부터였다.

그렇게 수집한 정보에 의하면 바르테온의 술사들이 아주 대단하다는 것이었다.

거기에 덧붙여 현재 바르테온 내에서 가장 사랑받는 이들이 바르테온의 술사단이라고 했다.

벤자르의 골렘술사들이 아니라 바르테온의 술사단 말이다.

그 말뜻의 진위를 분명히 가려야겠다 싶었을 때, 바르테온의 모집 공고에 응했던 골렘술사 몇이 벤자르로 돌아왔다.

고급진 옷에 좋은 말을 타고 시종에 종자도 다섯이나 거느리고 왔다.

그야말로 금의환향이었다.

그들에게 접근하는 게 당연한 수순이었다.

"아무래도 미끼인 것 같습니다."

"그러한가?"

"예. 골렘술사들 인근에 동일 인물이 일정 거리를 유지한 채 동행하고 있습니다. 아무래도 바르테온의 기사들이란 인상을 지울 수가 없습니다."

"무리 말아야지. 조심해서 나쁠 게 없으니. 한데 바르테온도 상수는 아니로군. 이런 뻔한 미끼를 쓰다니."

"그런데 외통수라는 생각도 듭니다. 저 술사들이 가족 이민을 한다더군요."

"가족 이민?"

"예. 주변 정보를 모은 결과 저들은 가족들을 전부 대동해서 바르테온으로 이주하기 위해 돌아온 것이란 결론이었습니다."

"악적들에게 영혼을 판 버러지들이었구먼."

"예. 이 또한 바르테온의 간악한 수법이지 않겠습니까?"

"고작 3서클도 안 되는 하위 능력자들을 우대하여 여물지 않은 이들을 충동질하겠다는 게지."

"안 그래도 총독관에서 기술공들을 모집한다는 공고가 있었지 않습니까. 그것과 연관되어 벌이는 일입니다. 그러니 징벌을 내림이 어떠신지요?"

"바르테온의 기사들이 뒤따르고 있다 하지 않았나?"

"노리고자 하면 노릴 수 있습니다."

"아니다. 우리의 칼날은 악적 바르테온을 향해야지 몽매한 우민들에게 행해선 안 된다. 그들은 우리가 낙원으로 이끌 어린 망아지일 뿐이다."

"하지만 이대로 그냥 둘 수는 없지 않겠습니까? 아델린과 말라드의 신변도 신변을 확인해야 할 것입니다. 만약 적들에게 발각된 것이라면 발설 전에 낙원으로 보내 줘야 합니다."

"옳네. 구조를 하든, 손을 더해 주든 추가로 보내긴 보내야겠어. 누가 좋겠나?"

"눅스가 제격입니다."

갤리언은 미리 준비한 인원을 대답했다.

"눅스는 생각이 많아."

"그렇기에 심사숙고하여 행동할 것입니다. 그리고 눅스는 어떤 위험 상황이라도 제 몸 하나는 피할 능력이 됩니다. 설혹 상대가 마스터라고 하여도 말입니다. 선생님도 그의 능력을 아시지 않습니까."

현 상황에서 가장 큰 문제는 바르테온 내의 정보를 명확하게 파악하지 못하고 있다는 점이었다.

그런 관점에서 보면 눅스만 한 인원이 없다.

"눅스를 잃으면 그다음은 자네가 되어야 하네."

"알고 있습니다."

"좋네. 그럼 그리하지."

빈스가 황금 메달을 내어 줬다. 그것은 갤리언의 손을 타고 눅스에게 전달되었다.

"저의 차례입니까?"

"선각자께서 자네를 낙점하셨어."

"임무가 무엇입니까?"

"바르테온에 침투한 아델린과 말라드가 고립된 것 같다. 간접적인 정보 수집으론 바르테온 내의 상황을 명확하게 파악하기가 어려워."

"직접 침투를 해야 하는 상황이군요. 이리될 줄 알았으면 처음부터 제가 들어갈 걸 그랬습니다."

만약 눅스가 골렘술에 능통했다면 처음부터 그를 투입했을 것이지만, 이미 지나간 일이다.

"통신 오브는 사용할 수가 없다. 숄 출신의 마나 능력자들은 은밀하게 철저히 조사하고 있다. 능력을 드러내선 안 된다."

"지금까지 활동한 상인 신분이 어느 정도 인지도를 형성할 수 있었습니다. 포목을 대는 상인의 신분으로 들어가면 어렵지 않게 바르테온 안으로 들어갈 수 있을 겁니다."

"그거론 부족하다. 상인이든, 일꾼이든, 그 모든 벤자리안에게 주시하고 있을 것이다. 그렇지 않다면 바르테온의 소식을 알고 있는 벤자리안이 이렇게까지 없을 수가 없다."

바르테온에 대한 정보를 수집하는데, 벤자리안으로부터 얻을 수 있는 정보가 없었다.

분명 벤자리안들도 일꾼이든 상행이든 바르테온행 배를 적지 않게 타고 있다.

그런데 그들로부터 뽑을 수 있는 정보가 전혀 없었다.

분명 자신이 본 것을 그대로 말해 주는데, 그 정보가 골렘 술사들에게는 전혀 닿아 있지 못하다는 것이다.

　단 한 명의 벤자리안도 말이다.

　"이건 우연이 아니다. 바르테온에서 입성하는 모든 벤자리안을 의도적으로 격리하거나 차단하고 있다고 봐야 한다. 그런데 그것을 아무런 낌새도 느끼지 못하게 아주 자연스럽게 유도하고 있는 것이다."

　"선생님께서 그렇게 생각하시는 바도 일리는 있습니다. 그런데 바르테온이 그 정도로 치밀하고 정밀한 정보 교란을 할 수 있겠습니까? 욕망에 눈이 멀어 약탈만 일삼는 전쟁광들이지 않습니까."

　"이전까진 분명 그러했다. 하지만 우리가 별의 기운을 받아 이리 성장했듯, 저 악적들도 어둠의 기운을 받아 성장했음이다. 명심해야 한다. 바르테온은 분명 변했다. 더 악독하고 사이하고 음험하게 변한 것이다. 신중에 신중을 기해 접근해야 한다. 선각자님의 말씀이다."

　"알겠습니다. 선각자께서 점지하신 제 길은 무엇입니까? 무엇을 가장 주시해야 하는 것인지요?"

　"바르테온 내의 정확한 상황 파악이 첫 번째다. 이 정확한 상황 파악은 바르테온에 대해 어떠한 정화 작업을 펼쳐야 할지에 대한 근거들이어야 한다."

　"알겠습니다. 그러면 두 번째는 무엇입니까?"

"두 번째는 동료에 대한 구명이다. 현재 바르테온에 아델린과 말라드가 잠입해 있다. 연락을 보낼 수 없는 상황으로 추측된다."

"만약 그 둘이 구금되어 있거나 그와 준하는 상황이면 그들을 구출해야 합니까?"

"그렇다면 바르테온에서 우리의 존재를 인식하고 대응을 하고 있다는 것이다. 자네에 대한 안전도 보장할 수 없는 상황이니 그 즉시 이탈하여 복귀하도록 해. 다른 수단을 강구할 것이다."

"알겠습니다. 그럼 출발하겠습니다."

눅스는 갤리언을 등졌다.

그러곤 자신의 창고가 있는 곳으로 이동했다.

그 안에는 이번 해에 수확한 목화솜들이 잔뜩 쌓여 있다.

눅스는 이것을 지금까지 계속 모아 놨다.

공작에 있어서 자신이 먼저 접근하는 것은 하수이고 상대방이 먼저 접근하도록 만드는 것이 상수다.

그것을 위한 목화솜이다.

바르테온에서 면과 실을 대량으로 수매한다는 것을 파악하고 면과 실이 동나면 그다음은 분명 목화까지 사들일 거라 확신하고 그리 준비한 것이다.

그리고 그러한 예상은 금방 들어맞았다.

"사장님 언제 오냐니까."

"거야 사장님 마음이지요. 저 같은 창고지기가 뭘 압니까."

"하루에 한 번씩은 꼭 온다며. 그러면 보통 언제쯤 온다, 이런 건 대략적으로라도 알고 있을 거 아니야. 그런 것도 말 못 해 주나?"

"저는 모릅니다."

"그러지 말고. 자, 날도 추운데 배는 든든히 채우면서 일을 해야 할 거 아니야."

로살롯의 수매 상인이 창고지기의 주머니에 쓱 돈을 찔러 넣었다.

눅스의 눈에는 그가 수완 좋은 상인이 아닌 바르테온의 끄나풀로 보일 뿐이다.

"흡흡. 거 하루가 멀다 하고 돌아가면서 아주 사람 귀찮게 하는 재주들이 있소."

눅스는 그 상인들에게 짐짓 거만한 듯 쏘아붙였다.

나는 너희들에게 관심이 없다. 너희들이 애달복달하여 우리 사이가 이어지는 것이라는, 그런 뉘앙스를 주기 위해서다.

"보시오, 솔직히 터놓고 이야기합시다. 그쪽도 값 올리려고 이렇게 시간 끄는 거 아니오."

"값을 올리긴, 무슨? 내가 가만 보아하니 바르테온에서 우리 벤자르의 면과 실을 죄다 사 가는 통에 이거라도 콱 움켜쥐고 지키고 있어야겠다 싶어서 쥐고 있는 것인데."

"하―! 그 말 잘하셨소. 말 나온 김에 말해 봅시다. 지금 우리를 매점매석이나 하는 그런 어디 시정잡배 취급을 하고 있는데, 그럴 거면 가격을 폭등시켜서 다시 팔았을 것이오. 그런데 우리가 그렇게 하고 있소?"

"그거야 모르는 일이지. 앞으로 어찌 될지 알고? 목화까지 전부 씨를 말린 다음에 그럴 것인지 어찌 알까."

"이래서 어설프게 아는 사람이 무섭다는 거지. 보시오, 면이랑 실을 어디다 쓰오? 옷 지어 입으려고 쓰는 거 아니오. 그런데 우리가 유통하는 옷이 얼만지나 아시오? 이 거리를 돌아다니는 사람들 중에 우리가 유통한 누비옷 안 입은 사람 한번 손에 꼽아 보라 이거요."

로살롯 상인이 면과 실을 가져가면 그것이 옷이 되어 온다. 바르테온산이다.

그 바르테온산 옷은 기존의 벤자르 것보다 품질이 우수한데 값은 차이가 없었다.

같은 값이면 당연히 좋은 옷을 택하는 게 사람 마음이었다. 그 생산국까지 일일이 따져 가며 구매를 결정하는 것은 그렇게 높은 비율이 아니었다.

그리고 옷에 어디서 생산됐다고 이름이 써 있는 것도 아니었고 말이다.

거기에 조금만 웃돈을 얹으면 평민들도 품계 낮은 귀족들 입는 자수가 조금 들어간 옷도 넘볼 수 있을 정도였다.

안 그래도 세금이 많이 줄어 주머니에 돈이 좀 남는 상황이었고 오랜 전쟁 준비로 지쳤던 마음에 전쟁이 끝났다는 해방감이 드는 것은 당연한 일이었다.

"우리가 매점매석으로 값을 올려 시장에 망조를 들게 할 거면 저 옷을 이렇게 싼값에 유통하면 안 되는 거 아니오? 이건 뭐라고 할 것이오?"

시장을 잠식하여 자체 생산력을 종속시키려는 목적 아니냐! 하고 말할 수 있다.

하지만 여기까지 와서 그럴 게 아니다. 진짜 목적이 접선이지 대응이 아니기 때문이다.

"그, 그거야. 뭐. 어! 꼭 옷만 있나? 주머니도 있고, 실도 있고. 어. 면과 실로 옷만 만드냐고. 가죽 꼬맬 때도 실로 하고. 많지 않소."

"하, 거 사장님, 지금 좀 궁색했다는 거 인정하시죠?"

"궁색하기는 내가 뭐가 궁색했다고."

"서로 눈치 빠삭한데 그만 튕기고 이야기 좀 합시다. 이거 한철 얼마 갈지 몰라요. 사장님이 알 만하니까 말씀드리는 건데, 지금 바르테온에서 신규 개간지를 거의 영지 두 배 규모로 파고 있어요. 기사들까지 투입해서. 그런데 그 개간지에 전부 뭘 심는지 아십니까?"

"거참 내가 뭐 거기에 콩을 심든 밀을 심든 내가 알 게 뭐라고."

"아셔야지. 목화를 심으니까. 그 너른 개간지 전부에 목화로 몰빵을 한다 이겁니다. 내년 되면 사장님 이렇게 쟁여 둔거 그냥 묵는 겁니다. 지금 당장 목화가 없어서 품귀 일어날 때 팔아야 남는 겁니다. 값은 잘 쳐드린다니까."

"흠. 뭐, 쯧. 그렇다고 하면 내가 아주 어. 꽉 막힌 사람은 아니긴 한데. 그래도 말만 듣고 그럴 수는 없는 거 아니오."

"하− 거참. 사장님 의심 많으셔. 하기야 이렇게 꼼꼼한 성격이시니 이렇게 미리 앞을 보고 목화를 싹 수매를 해 두셨지. 좋습니다. 어떻게 해 드릴까? 말씀하세요. 맞춰 드릴 수 있는 거 다 맞춰 드릴게. 어떻게 직접 바르테온에라도 모시고 가서 두눈으로 보여 드리면 믿겠소?"

딱 원하는 대답이 나왔다.

"직접 보면 그래도 말만 들은 것보다야 낫긴 하겠지."

"그렇지, 그렇지. 암−. 백 번 들어 봐야 한 번 보는 것만 못하지. 잘 생각하셨소. 말 나온 김에 지금 당장 갑시다. 나랑 같이 가면 바르테온 부두까지 딱 들어가서 창고 안까지 다 둘러볼 수 있소. 사실 말이 나와서 하는 말인데, 사장님 혼자서는 부두는 가고 창고까진 못 봅니다."

"쯥. 그렇게까지 이야기를 하니 더 배짱부리기가 좀 그렇구먼. 나도 이런 거로 시간 끄는 사람은 아니오. 지금 갑시다."

"좋습니다. 말이 통하면 이렇게 잘 통하는 분이 그렇게 내외를 하셨어 그래."

눅스는 그렇게 바르테온행 상선에 몸을 올렸다.

❖

액보내기 날이 지나고 해가 바뀌었다.

신년의 첫날이다.

카일은 어제보다 더 정갈히 옷매무새를 정리했다.

과한 장식과 화려함이 없는 형태의 정갈한 의복에 전신을 전부 두르는 검은 로브를 걸쳤다.

1년의 마지막 날이 1년간 있었던 액운을 보내는 것이 그간의 전통이었다면 이제부터 1년의 첫 번째 날은 바르테온을 위해 싸워 준 영웅들에게 감사를 전하는 날로 만들 생각이었다.

"영주님, 정무관들이 모두 입관하였습니다."

카일은 밖으로 나갔다.

정무관들은 비교적 편한 분위기였다. 엄숙함이 덜했다.

바르테온에서 죽음에 대한, 그것도 전장에서 죽은 기사들에 대한 감정엔 슬픔이 들어가지 않기 때문이다.

하지만 그에 마땅한 엄숙함은 있어야 한다 여겼다.

일일이 말로 설명할 것 없다.

카일은 대기를 짓눌러 압력을 가했다.

정무관들이 바로 분위기가 바뀐 것을 느끼곤 자세를 바르
게 갈무리했다.

"가자."

카일은 추모공원으로 이동했다.

"오늘 무슨 날인가? 영주님께서 또 나오셨네."

"그러게 말이야. 액보내기는 어제 잘했는데, 뭐가 있으신
가? 여봐. 자네는 알아?"

"내가 어찌 알아. 나도 계속 같이 있었는데."

추모공원에 대한 것은 겉으로 공표하지 않았다.

이리저리 공고하고 모집하여 사람을 채우고 싶지 않았던
탓이다.

진심으로 감사하는 마음을 전하면 그뿐이다.

그럼에도 사람들이 모여드는 것은 당연했다.

카일은 자신의 기운을 더 넓은 범위로 흘려보냈다.

카일의 영역 안에 들어온 사람들은 자연스레 잡담이 줄어
들었다.

카일이 추모공원으로 들어섰다.

그 규모만 따지면 수신공원과 엇비슷한 규모다. 다만 분위

기는 훨씬 정갈히 정리되어 있다. 엄숙히 입 다물고 있어야 된다는 게 아니라 고성을 지르며 피를 튀기지 않는 정도를 말하는 것이다.

추모공원의 추모비는 굳건하고 웅장한 모습으로 자리 잡혀 있었다.

주변의 조형물의 형태도 부족하지 않았다.

오히려 너무 과하면 균형이 안 맞는다.

카일은 추모비 앞에 섰다.

거창한 낭송 같은 것은 없었다.

검을 역수로 쥐고 고개 숙인 묵념으로 그들의 숭고함에 대한 존경을 표했다.

그것만 해도 충분했다.

카일은 그렇게 추모식을 끝냈고 정무관으로 돌아왔다.

추모식의 분위기가 다 가시지 않은 느낌이라 그런가 정무 회의의 분위기가 제법 무거웠다.

카일은 이 분위기를 해치지 않고 빠르게 지시를 하달했다.

설명해 줄 것들은 이미 충분히 설명해 주었고 남은 것들은 설명이 필요 없는 것들이었다.

"추모공원의 납골묘는 지위 고하와 상관없이 순서대로 배정하시오. 이번 전투의 전사들부터 자리할 수 있게 배려하시오."

"예, 영주님. 이미 전사자들을 모두 파악하고 있으니 그유가족에게 바로 연락하여 조치하도록 하겠습니다."

"이번 신년식을 우리 바르테온의 새천년 역사의 원년으로 발포할 것이오. 모든 제후령주와 성주 일가들이 자리할 수 있도록 준비하시오."

초대장만 보내서 끝날 단순한 명령이 아니다.

그들이 묶을 숙소와 행사 규모, 영접에 대한 모든 행정 절차가 뒤따라야 했다.

"예. 영도의 자랑거리인 온천거리를 좀 더 정비하여 제후령주 및 성주 일가를 맞이하도록 하겠습니다."

"좋소. 본인은 신년식 전까지 끊어진 다리를 보수하는데 전념할 것이니, 웬만한 정무 사항은 직접 보고하도록 하시오."

신년식은 두 번째 보름달이 뜨는 날 한다.

2월 중순쯤이니 아직 6주가량의 시간이 남았다.

니켈을 통해 만든 얼음 다리는 어디까지나 임시방편일 뿐이다.

그때까지 끊어진 다리를 전부 완성할 계획이다.

"나머지는 현행대로 진행하시오. 이만 정무회의를 마치겠소."

카일은 간단히 정무회의를 끝냈다.

"영주님, 어디로 모실까요?"

"현장으로 가자. 이제 본격적으로 다리를 봐야겠다."

카일은 강변의 건축 현장으로 이동했다.

"영주님 행차하셨습니까."

"날 추운데 고생이 많아."

카일을 본 건축관들이 다가와 인사를 건넸다.

그들은 카일을 보는 데 있어서 거리감이 없었다.

함께 밥을 먹으며 일을 했던 사이라 그렇다.

"고생이랄 것도 없습니다. 바르콘이 익을 때 따뜻하니 열을 내서 거기에 딱 붙어 있으면 손발 시려운 것도 없지요."

현재 주택 공사에 들어가는 자재 중 6할 정도가 바르콘 블럭이다.

처음에는 3할 정도였는데, 점차 일반 벽돌의 비중이 줄고 바르콘 벽돌로 치환되면서 6할까지 비중이 올라간 것이다.

그렇다 보니 건설 현장 한쪽에는 양생 중인 벽돌 블럭들이 즐비하게 깔려 있다.

외부의 다른 공장에서 만들어서 운송을 해 오느니, 아예 현장에서 바르콘 벽돌을 만들어 바로 사용하는 것이다.

그 덕에 공사 속도가 더 단축되었다.

해서 주택 보급은 자체는 이번 달 중순까지 끝낼 수 있을 듯했다.

사실 닭장처럼 다닥다닥 붙여서 지어지는 주택단지라 마음에 드는 것은 아니다만 겨울을 날 목적으론 충분하다.

물론, 지금 수준만 해도 이전의 동바르테온보다는 훨씬

낫다.

다만 카일의 욕심에 들어차지 않는 것뿐이다.

"주택 보급이 끝나면 바로 교량 건설 들어갈 거다."

"그렇습니까요? 하기야, 얼음 다리로 여름을 날 수야 없으니 그리해야지요."

"신년식 전까지 완성할 생각이야."

"그러면 한 달 보름 남았는데……."

말도 안 되는 기간이다.

과거 바르테온대교를 건설하는 데는 7년이 걸렸었다.

물론 마나 유저가 없는 순수 건축 인력으로만 건설한 것이지만, 아무리 상황이 바뀌었다고 해도 다리 다섯 개를 6주 만에 완성한다는 건 감히 가늠할 수 없는 것이었다.

"뭘 그리 놀라. 얼음 다리는 하루에 한 개씩 올렸어."

"그야 그렇습니다만……. 아이구 이것 보게. 제가 주제넘게 감히 영주님 앞에서 머리를 굴리고 있었습니다. 그냥 지시만 내려 주십시오. 열심히 따르겠습니다."

"바르콘 공법으로 건설할 것이지만 주택과는 달리 덩어리가 커. 숙련자들 잘 추려 두도록 해. 그리고 지금 만드는 블록보다 몇 배는 큰 블록을 만들 텐데……, 이건 사솔롬을 불러서 이야기하는 게 낫겠군."

"예, 잠시만 기다려 주십시오. 제가 냉큼 불러오겠습니다."

카일은 그 자리에서 주변을 크게 둘러보며 현장을 체크했다.

-영주님, 보고드립니다.

작은 배틀메시지가 귀에 울렸다. 카일은 의식하지 않고 고개를 끄덕였다.

평소에도 늘상 있는 일이었다.

-금일 벤자르에서 다섯 명의 벤자리안이 바르테온 입성을 목적으로 출발하였습니다. 그중 넷은 단순 여행 목적인 귀족 1인과 그 수행원이고 나머지 하나는 목화 상인입니다. 자세한 사항은 추후 보고드리겠습니다.

보고를 올린 배틀메시지는 다른 뒷말 없이 그대로 멀어졌다.

이 역시 늘상 있는 일이었다.

❊

"저기 일대가 보이시오?"

드메로가 강변 너머로 크게 조성된 공사지를 가리키며 물었다.

그의 손놀림은 퍽 과장되어 있었다.

"규모만 보면 거의 성을 하나 새로 짓는 급으로 터를 잡고 있소. 저 마을이 바르테온의 신규 개간지에서 나오는 목화를 소화하기 위해서 짓는 마을이오. 규모가 어느 정도인지 상상이 되시오?"

"터만 보고 어찌 아오? 다른 목적으로 짓는 걸 수도 있고. 개간지를 직접 본 것도 아니고 말이오."

"하, 거참. 개간지는 내려서 반나절 거리까지 들어가야 하는데 지금 당장 배에서 내릴 순 없는 거 아니오. 아니면 바르테온 가서 아무나 잡고 물어보시오. 다들 똑같이 이야기해 주지. 이주민까지 받아 가면서 개간 중이라니까."

"알겠소. 그거야 가서 보면 될 일이지."

눅스는 휘휘 귀찮다는 듯이 그를 물렸다.

표정 관리가 힘들 지경이었다.

'저만한 규모의 목화 전용지를 구성한다니. 그 말은 그만한 목화를 생산을 소화할 수 있다는 건데…… 지금까지 시장 장악을 위해서 밑지면서 파는 게 아니었나?'

면 유통의 장악. 면 사업의 종속화.

그것이 눅스가 가진 바르테온의 면 수매에 대한 생각이었다.

그래서 그 품질 좋고 싼 옷들은 바르테온이 손해를 감수하면서 진행하는 작전의 한 축으로 보았었다.

그러지 않고서야 물류비까지 생각하면 도저히 말이 안 되는 가격이었기 때문이다.

그런데 지금 이렇게 보니 뭔가 자신이 오해를 하고 있는 게 아닌가 싶은 생각이 문뜩 들었다.

그러니까 일부러 돈을 써서 공략을 하는 게 아니라 정말 그냥 할 수 있어서, 그 값에 팔 수 있어서, 저 많은 목화를 소화할 수 있어서 그냥 그렇게 하는 게 아닐까, 하는.

　그런 생각이었다.

　그렇다고 하면 정말 너무도 무서운 상황이다.

　숄 전체가 합심을 하여도 바르테온의 생산력을 이겨 낼 수 없을 것 같았기 때문이다.

　그렇다면 바르테온산 옷이 숄 안으로 유통되지 못하게 막아야 하는데 총독의 위임통치를 받고 있는 상황에선 불가능한 일이었다.

　'심상치가 않다. 선생님 말씀대로 바르테온은 지금까지와 비교할 수 없을 정도로 음험해졌다.'

　눅스는 머릿속이 복잡해졌다.

　　　　　　　　✳

　"자, 보시오. 어딜 봐서 면과 실이 쌓여 있소?"

　"창고가 여기 말고 또 있을 가능성은?"

　"하ㅡ. 거 너무하시네. 부두에 있는 창고 다 보여 준 거요. 말이야 바른말이지, 그러면 여기 사장님 한 명 낚으려고 이 수많은 창고의 짐을 다 다른 곳에 숨겨 놨다는 거요? 여기 있는 사람들이 전부 다 짜고서? 거 인정할 건 좀 인정합시다."

드메로는 진저리를 쳤다. 눅스도 그가 거짓말을 한다고 생각하지 않는다.

그랬을 리 없을 것이고 지금 보는 것은 분명한 현실이다.

바르테온은 매점매석을 위해서, 혹은 무리를 해 가면서 벤자르에 옷을 대는 게 아니었다.

정말 그게 쉽게 가능해서 그리하는 것이다.

그에 대한 증거는 비어 있는 창고가 아니라, 이 부두의 수많은 사람이 입고 있는 옷이었다.

이 부두에서 일하는 사람들 대부분이 벤자르로 유통되는 것보다 좋은 옷을 입고 있었다.

그 무늬나 장식은 벤자르풍보다 볼품없었지만, 옷을 만든 면 자체는 더 튼튼하고 야무졌으며, 누비도 두 배는 촘촘하게 박혀 있었다.

벤자르에 유통되는 옷과 비교하면 손이 두 배는 많이 가는 옷들이다.

'벤자르에 유통한 게 오히려 하급품이다. 상급품은 바르테온에 먼저 풀고 있는 실정이야. 대체 어떻게 이런 생산력을 낼 수 있는 거지? 무슨 옷 짓는 마법이라도 개발을 한 것인가?'

"보시오. 반대를 위한 반대를 할 거면 왜 여기까지 따라온 것이오? 설마 벤자르의 밀정이오?"

드메로가 기분이 상한 듯 쿡 찌르는 말을 했다.

눅스는 내심 깜짝 놀랐지만 어이가 없다는 표정으로 숨을 푹 내쉬었다.

"허—. 거참. 지금 아쉬워서 계약하자고 끌고 와 놓고 말도 안 되는 약점 잡아서 협박하는 거요? 여기가 바르테온이라 이거지?"

"아니, 사장님이야말로 계약할 것처럼 해 놓고 증거를 다 보여 줘도 영 뚱한 얼굴이니 그런 거 아니오. 사람이 성의를 보였으면 좀 받아 주는 내색이라도 해야 계약이 되는 거지."

"알겠소. 실상 보니 놀라서 그런 거요. 나도 생각할 시간 은 있어야 할 거 아니오."

"그럼 계약서 사인하는 겁니다?"

여기까지 온 마당에 사인은 해야 한다.

이 돈 좋아하는 로살롯 놈이 사인을 하지 않았다간 바르테 온 기사단에 밀정일지도 모른다고 신고를 할 판이다.

그래서야 아주 골치 아파진다.

하지만 그냥 넙죽 사인을 할 수는 없다. 더 깊이 들어가 봐 야 한다. 살필 게 너무도 많다.

"그건 그럽시다. 그런데, 바르테온에 온천이 유명하다던 데……."

"그건 또 어떻게 아시오?"

"당신네들이 오며 가며 하도 떠들어 대니 귀를 막고 있어도 들립디다."

"하~. 거 욕할 땐 언제고 계약은 절차대로 다 하려고 합니다그려. 뭐 좋습니다. 접대야 계약의 수순인데, 마땅히 해 드려야지."

"나도 온천을 이용할 수 있소?"

"물론이오. 여기 영주님께서 아주 성심이 후하셔서 이미 끝난 일로는 차별이 없소. 죄인들 전용 온천장도 따로 배려해 주실 정도니까 벤자르인이라고 걱정할 거 없소. 잠깐 기다려 보시오. 내가 통행증 끊어 올 테니 같이 들어갑시다."

'성심이 후한 영주라고? 가증스럽군. 그 영주에게 얼마나 많은 사람들이 죽어 나갔는지 알긴 하는 거냐?'

눅스는 애써 표정 관리를 하며 그러라 말했다.

잠시 후 상주가 다시 왔다.

"내가 받아 왔으니 갑시다."

눅스는 그렇게 상단과 함께 하선하여 바르테온 거리를 걸었다.

불에 타 빈터만 가득한 거리와 새로 지은 복층 주택 거리가 마주 보고 있는 모습은 어딘지 모르게 이질적이면서도 큰 긴장감을 불러일으켰다.

눅스는 그 거리를 가로지르며 정말 집이 솟아나는 걸 보게 되었다.

'뭐야, 저게? 집이 대나무야? 어떻게 저렇게 갑자기…….'

"이보시오. 지금 저기 집이 막 솟아나고 있는데. 당신들은 저게 아무렇지도 않소?"

"하하하하. 이거, 이거. 벤자르 출신이면서 이걸 모르면 어찌하오. 지금 저게 당신네들 벤자르의 골렘술사분들이 집을 짓고 있는 거요. 영주님께서 친히 나서서 방법을 일러 주셨다나. 그보다 얼음다리는 안 놀라오? 저것도 아슬란의 젊은 마법사님이 영주님과 함께 만든 것이라오."

'얼음이라면 니켈이다. 로살롯에서 죽은 줄 알았는데, 여기서 부역하고 있었구나. 비슈만 살필 게 아니었어.'

"내가 입국 수속 하다 들었는데, 주택은 어지간히 다 지었다고 하오. 조만간 다리 건설을 하려고 준비를 한다던데 벌써부터 들리는 소문이 아주 볼만할 거라고 떠들썩하더이다. 며칠 있으면서 한번 구경해 보겠소? 내가 삼사일 정도는 융통해 줄 수 있는데."

"뭐, 음. 내키지는 않는다만 정히 해 주겠다고 하면 성의를 봐서 그렇게 하겠소."

"하하. 그렇게 합시다. 대신 계약서는 우선 한 장 써 주면 좋겠는데. 어떻소? 절반이라도 먼저 해 주시오."

"그렇게 하겠소."

"이제 좀 말이 통하는구먼."

'지금까지 쌓은 대화로는 내가 의심받을 일은 없다. 아니,

오히려 좀 더 어벙벙한 모습을 보여 주는 것도 필요해. 장난
으로라도 저놈이 날 밀정으로 신고하지 않게 하려거든 오히
려 그게 낫다.'

"보시오. 저 집 짓는 거 말이오. 좀 가까이서 구경해 볼 수
없소?"

눅스는 아무래도 궁금해서 참을 수 없다는 느낌으로 질문
했다.

"왜 없겠소. 안 그래도 요즘 바르테온 필수 코스요. 멀리
서만 보면 저게 어떻게 저렇게 되나 절대 믿기지가 않거든.
초반에는 번잡해서 구경 못 하게 했는데, 지금은 웬만큼 풀
어 주는 편이오."

드메로는 기분 좋게 웃으며 앞장서서 걸었다.

눅스는 사방팔방 주위를 살피며 그 뒤를 쫓았다.

남이 보면 여기저기 눈이 팔린 촌뜨기 구경꾼 같겠지만,
실상은 훈련된 동체시력으로 동료를 찾고 있는 것이었다.

그리고 발견했다.

'말라드!'

눅스는 말라드와 눈이 딱 마주쳤다.

말라드의 눈동자가 크게 흔들렸다.

눅스는 말라드에게 귀를 쫑긋거리는 귀 신호를 보냈다.

함께 훈련받았기에 모를 리가 없는 신호다.

그런데 그 신호를 본 말라드가 어색한 표정으로 고개를 틀

었다.

'신호를 받지도 않는다고? 이봐, 말라드, 대체 그동안 무슨 일이 있던 거야?'

눅스는 애써 평정심을 유지하며 말라드를 주시했다.

말라드가 주변을 힐끗거리는 게 연신 눈에 걸렸다.

'감시를 당하고 있는 건가? 주변에 누구? 딱히 기사단은 보이지 않는 것 같은데.'

눅스도 주변을 보았지만 이렇다 하게 경계해야 할 대상은 눈에 띄지 않았다.

그저 건축관들과 일꾼들, 그리고 같은 골렘술사들이 있을 뿐이었다.

"신기한 것은 알겠다만, 그래도 그렇게 너무 빤히 쳐다보지 마시오. 술사분들이 조금 예민한 편이오."

"아, 그렇소? 신기하여 쳐다봤는데 실례가 되었다니 죄송스럽군."

드메로의 지적에 눅스는 얼른 고개를 돌렸다.

속이 복잡해진다. 그런 속을 알 리 없는 상주는 눅스를 끌고 호텔로 이동했다.

"여기가 규모가 작고 단촐해 보이지만 사실 전부 다 귀족 가문에서 운영하는 곳이오."

"그렇소?"

"바르테온 양식이라 화려함은 조금 덜하지만 시종들의 교육 수준이 아주 좋소. 내가 귀족이 된 기분이랄까. 자, 여기 열쇠 받으시오. 여기 있는 링이 받을 수 있는 서비스에 대한 거요."

드메로가 건네준 열쇠에는 반지 같은 링이 여러 개 걸려 있었다.

"마사지링, 간식링, 식사링, 이건 주류링이오. 이 링을 제시하면 해당 서비스를 받을 수 있는 거요. 잘 모르는 것 같아서 설명하는 건데, 온천은 무제한 이용 가능한 열쇠요. 제일 좋은 열쇠로 해 드린 거요. 자―."

드메로가 그 열쇠와 함께 계약서를 내밀었다.

전체 수량의 5할에 대한 계약서였다.

눅스는 망설임 없이 시원하게 사인을 해 주고 열쇠를 받았다.

"그럼 편히 즐기시오. 간단한 것들은 종업원에게 물어보면 다 알려 줄 것이오. 그리고 무슨 문제 생기면 내가 보증인으로 있으니 내 이름을 대면 될 거요."

"알겠소."

눅스는 손에 쥔 열쇠를 내려 봤다.

'서비스를 받을 수 있는 링이라고? 그렇다면 서비스의 등급을 나누어서 돈을 번다는 건데……. 바르테온에 이런 식의 장사 수완이 있는 인물이 있으려나? 로살롯의 영향인가?'

이 열쇠를 보고 있자니 작은 것 하나에도 체계가 잡혀

있다는 느낌이 들었다.

"손님, 모시게 되어 영광입니다."

에스코트하는 종업원의 언행은 귀족 가문에서 수련한 시종의 그것과 같았다. 첫인상에서부터 그것이 확실히 느껴질 정도였다.

"모쪼록 평안하고 만족스러운 시간 보내시길 바랍니다. 물러가겠습니다."

종업원은 객실 문을 열어 주곤 다소곳이 짐을 내려 둔 후에 고개를 숙이며 뒷걸음질로 물러났다.

자신이 귀족으로 온 것도 아닌데 저렇게까지 공손하게 할 게 있나 싶다.

저런 행동이 알아서 될 리가 없다.

"보시오."

"예, 손님."

"혹시 시종 교육 같은 것을 배운 것이오?"

"이곳 온천 거리에서 일하는 모든 종업원들은 영주님께서 내려 주신 접객 교범서를 기준으로 교육을 받고 있습니다."

"아……. 그러면 이 호텔이 아니라 다른 호텔에 가도 다들 당신처럼 그렇게 예의 바르게 행동하는 거요?"

"그렇습니다. 이 온천 거리에 방문하신 모든 손님들은 어느 곳을 가든 평균 이상의 접객과 서비스를 받으실 수 있을 것입니다."

전능하신 영주님

"알겠소. 그럼 나가 보시오."

"예, 편안한 시간 보내십시오. 호출이 있을 때는 벽면의 호출 라인을 당겨 주시면 5분 내에 방문 드리도록 하겠습니다."

종업원이 고개를 숙이고 물러갔다.

"이건 악취미라고 해야 할지 낭비라고 해야 할지."

눅스는 이불의 커버와 베개에 들어가 있는 자수를 보며 이맛살을 찌푸렸다.

바탕색과 같은 색의 실을 써서 자수를 놨다.

언뜻 보면 티가 나지 않지만 들여다보면 여간 정성이 아니다.

"아니면 이런 게 바르테온식 겉치레인 건가. 화려함을 티 내지 않는 수고로움 같은?"

눅스는 창문을 봤다. 창문도 이격되는 틈이 하나 없이 딱 맞물린다.

내 집이었으면 기분 좋은 맞물림이었을 텐데, 적진 안에 들어와 있으니 이런 것 하나하나가 신경이 거슬린다.

다른 이음매 하나하나 궤가 안 맞는 곳이 없고 단차가 있는 곳도 없다.

장인이 만든 풀 플레이트 메일 속 안에 들어와 있는 기분이다.

귀족 가문에서 운영하는 사업체라 이런 단단한 느낌이

나는 것일까, 아니면 바르테온의 기상 자체가 이런 단단함일까.

눅스는 뭔가 꺼림칙한 기분을 지울 수가 없었다.

다음 권으로 이어집니다

이윤규 대체역사 소설

개혁군주

꿈의 도약, 로크에서 하십시오
(주)로크미디어에서 신인 작가를 모십니다

즐거운 세상, (주)로크미디어는 꿈을 사랑하고 도전을 두려워하지 않는 작가분들의 참신한 작품을 기다리고 있습니다. 21세기 장르 문학계를 이끌어 갈 차세대 선두 주자 (주)로크미디어에서 여러분의 나래를 활짝 펴 보시길 바랍니다.

모집 분야 판타지와 무협을 포함한 장르 문학
모집 대상 아마추어 작가, 인터넷 작가
모집 기한 수시 모집

작품 접수 시 유의 사항

1. 파일명은 작가명_작품명.hwp 형식을 갖춰 주십시오.
1. 파일에 들어갈 내용은 다음과 같습니다.
   - 성명(필명인 경우 실명을 밝혀 주세요), 연락처, 이메일 주소.
   - 제목, 기획 의도.
   - A4용지 1장 분량의 등장인물 소개.
   - A4용지 2장 분량의 전체 줄거리.
   - 본문.
1. 작품이 인터넷에 연재되고 있다면, 게시판명과 사이트의 구체적이고 정확한 주소를 기재해 주십시오.

선택된 작품은 정식 계약 후 출판물로 간행되어 전국 서점에 유통됩니다.
작가분은 (주)로크미디어의 전폭적인 지원하에 전속 작가로 활동하시게 됩니다.
※ 자세한 내용은 로크미디어 홈페이지(rokmedia.com)를 참조하세요.

(03920)서울시 마포구 성암로 330 DMC첨단산업센터 3층 318호
(주)로크미디어 편집부 신간 기획 담당자 앞
전화 : 02)3273-5135
www.rokmedia.com   이메일 : rokmedia@empas.com

만렙닥터 리턴즈

13월생 현대 판타지 장편소설

인생 2회 차 경력직 신입
칼솜씨도, 인성도 '만렙'인 의사가 돌아왔다!

만성 인력난에 시달리는 흉부외과에 들어온 인턴
메스도 잡아 본 적 없는 주제에
죽을 생명을 여럿 살려 내기 시작한다?

"이 새끼, 꼴통 맞네."
"죄송합니다."
"잘했어!"
"네?"

출세만을 좇으며 살았던 전생
이렇게 된 이상 인생도 재수술 한번 가자!

무테뽀(?) 정신으로 무장한 회귀 의사
이제부터 모든 상황은 내가 집도한다!

南魔宮帝 남궁마제

문운도 신무협 장편소설

회귀한 뇌왕, 가족을 지키기 위해
정파의 중심에서 제대로 흑화하다!

세상을 뒤집으려는 귀천성에 맞서 싸우다
가족을 모두 잃고 제물로 바쳐진 뇌왕 남궁진화
마지막 순간 원수의 뒤통수를 치고 죽으려 했으나
제물을 바치는 진법이 뒤틀리며 과거로 회귀하다!?

남궁세가의 양자가 된 어린 시절로 돌아온 후
귀천성이 노리는 자신의 체질을 연구하다 기연을 얻고
회귀 전과 다른 엄청난 미모와 함께
뇌전의 비밀마저 알아내 경지를 뛰어넘는데……

가족들에게는 꽃처럼 사랑스러운 막내지만
적이라면 일단 패고 보는 패악질의 끝판왕!
귀천성 패러잡기에 나서다!